अधूरा सुहाग

उपन्यास

अधूरा सुहाग

उपन्यास

उधाराम के. होतचन्दानी

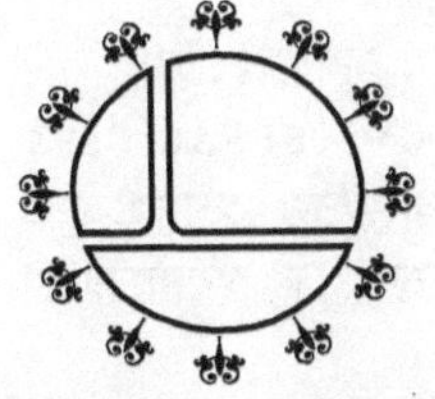

अंजुमन प्रकाशन

यह एक काल्पनिक रचना है। इसमें प्रयुक्त नाम, पात्र, स्थान व घटनाएँ या तो काल्पनिक हैं या उनका प्रयोग काल्पनिक संदर्भ में किया गया है। किसी वास्तविक घटना, और स्थानों की समानता पूर्णतः संयोग होगा।

अधूरा सुहाग (उपन्यास)
© उधाराम के. होतचन्दानी
प्लाट नं. 100, वन ट्री हिल्स, साधु वासवानी कॉलेज के समीप
संत हिरदाराम नगर (बैरागढ़) भोपाल (म.प्र.) – 462030

प्रकाशक　　　　: **अंजुमन प्रकाशन**
　　　　　　　942, मुट्ठीगंज, प्रयागराज, उत्तर प्रदेश, भारत
　　　　　　　वेबसाइट - www.anjumanpublication.com
　　　　　　　ईमेल - contact@anjumanpublication.com

संस्करण　　　　: प्रथम, अप्रैल 2019
ISBN　　　　　 : 978-93-88556-03-3
आवरण　　　　 : श्री कम्प्यूटर्स, प्रयागराज
टाइप सेटिंग　　 : श्री कम्प्यूटर्स, प्रयागराज

परिचय

श्री उधाराम होतचन्दानी पुत्र स्व0 केवलराम होतचन्दानी का जन्म 5 अप्रैल 1946 को हैदराबाद सिन्ध (अब पाकिस्तान) में हुआ था। 1947 में भारत विभाजन के बाद अपने परिवार के सदस्यों के साथ विभिन्न शहरों से होते हुए हैदराबाद (आन्ध्रप्रदेश की राजधानी) में आकर बस गये। इनकी शुरू से अंत तक शिक्षा हैदराबाद में हुई। इन्होंने उस्मानिया युनिवर्सिटी हैदराबाद से स्नातक की डिग्री बी.कॉम. अंग्रेजी माध्यम से 1972 में प्राप्त की। बचपन से ही लेखन और नाटकों में काम करने की रुचि रही। स्कूल तथा कॉलेज में प्रकाशित पत्रिकाओं में अक्सर रचनाएँ प्रकाशित होती रहती थीं और समय–समय पर नाटकों में भी भाग लेते रहे।

इन्होंने दो वर्ष तक आर्टिलरी सेंटर मिलट्री हैदराबाद में अध्यापक का कार्य किया। बाद में नौकरी छोड़, भारती सर्वेक्षण विभाग, भारत सरकार के कार्यालय में विभिन्न पदों पर कार्य करते रहे।

केन्द्रीय सरकार कार्यालय होने के कारण विभिन्न शहरों में इनका स्थानांतरण होता रहा। लगभग भारत के सभी बड़े शहरों का भ्रमण कर चुके हैं। पड़ोसी देश पाकिस्तान और नेपाल का भी भ्रमण कर चुके हैं। इन्हें लेखन, भ्रमण, नाटक तथा समाज–सेवा के कार्यों में रुचि है। अप्रैल 1999 में सेवा निवृत्त होकर अब बैरागढ़ में बस गये हैं तथा अपनी पत्नी श्रीमती लता तथा दो पुत्रों नरेश कुमार और राकेश कुमार के साथ समाज के सेवा कार्यों में जीवन व्यतीत कर रहे हैं।

पूर्व में भारतीय सिन्धु–सभा के उपाध्यक्ष तथा सन शाईन ट्रस्ट (मुम्बई) में कमेटी मेम्बर के पदों तथा सेवा सदन, साई टेऊराम आश्रम में निःस्वार्थ भावना से संत हिरदाराम नगर (बैरागढ़), भोपाल में सेवा कर चुके हैं। वर्तमान में पुण्य सिन्धी पंचायत, संत हिरदाराम

नगर (बैरागढ़), भोपाल में सेवा कर रहे हैं। इनका उद्देश्य है कि जब तक शरीर में जान है, तब तक समाज की सेवा में समर्पित रहे।

इनकी रचनाएँ स्थानीय पत्रिकाओं में प्रकाशित होती रहती हैं।

उधाराम के. होतचन्दानी
पता : प्लाट नं. 100
साधु वासवानी कॉलेज के समीप
वन ट्री हिल्स, बैरागढ़ – 462030 भोपाल (म.प्र.)
मो – 9713046637
वाट्सएप – 8359962901

दो शब्द

यह मेरा साहित्य के क्षेत्र में पहला प्रयास है। इस उपन्यास में गाँव और शहर वालों के रहन-सहन और विचारों का वर्णन किया गया है। गाँव में रहने वाले किस प्रकार अपना जीवन व्यतित करते हैं, नौजवानों की विचारधारा क्या है। कुछ गाँव की उन्नति के लिए शहर में आकर आधुनिक तकनीक सीखकर अपने गाँव को आदर्श गाँव बनाने का प्रयत्न करते हैं; कुछ शहर के वातावरण में और यहाँ की चकाचौंध रोशनी में भटक जाते हैं।

इस सामाजिक उपन्यास में साहित्यिक भाषा का प्रयोग अधिक नहीं किया गया है, बल्कि आम बोलचाल की भाषा का प्रयोग किया गया है। उम्मीद है पाठकों को मेरी पहली रचना पसंद आएगी। इस संबंध में अपने विचार अवश्य भेजें।

इस उपन्यास से

01.   कहते हैं जब हुस्न आता है तो नजाकत आ ही जाती है और खूबसूरती इतनी कि देखने वाले दंग रह जाएँ। उभरा हुआ यौवन किसी को भी उसकी ओर देखने के लिए मजबूर कर सकता है।

02.   नही बेटा, जिन्दगी में कई उतार–चढ़ाव आते रहते हैं। इस जमाने में अकेला चलना बहुत मुश्किल है; तुमको जिन्दगी का कोई अनुभव नहीं है, तुम्हारा भविष्य क्या होगा।

03.   कुछ विद्यार्थी परीक्षाओं में नकल कर पास हो जाते हैं; ऐसे विद्यार्थी न केवल माँ–बाप का पैसा बर्बाद करते है तथा उन्हे धोखा भी देते है। ऐसी सफलता वाले आगे चलकर समाज के लिये भी घातक सिद्ध होते हैं।

04.   आज लोग गाँव की वास्तविकता को भूल रहे हैं। लोग शहर की चकाचौंध करने वाली रोशनी में भटक रहे हैं। गाँव में सब लोग शांति और मोहब्बत से रहते हैं, मगर शहर में छल–कपट और दिखावा अधिक हैं।

05.   शहर के कॉलेज में पढ़ने वाली अधिकतर लडकियाँ अपने आपको बिपाशा बसु, कैटरीना कैफ, तनुश्री दत्ता, राखी सावंत इत्यादि समझने लगी हैं। लड़कों के साथ खाना–पीना, क्लबों में जाना घूमना–फिरना फैशन समझती हैं। वे अपने आपको आधुनिक समझने लगी हैं।

06.   आजकल कॉलेज में लड़के फैशन की ओर अधिक, पढ़ाई की और कम ध्यान देने लगे हैं। आजकल का वातावरण इतना बिगड़ गया है कि वे अध्यापकों को वह इज्जत नहीं देते हैं, जो देना चाहिये। (कुछ विद्यार्थियों को छोड़कर)

07.   किशन का इरादा है कि सबके सहयोग से उसका गाँव आदर्श गाँव बने; गाँव के सब लोग खुशी और शांति से रहें।

08.	मैं यह महसूस किया है कि जो आनंद सेवा में है, वह किसी पर जुल्म करने में नहीं है; आज मैं आराम से चिन्ता–मुक्त होकर सोता रहूँगा।

09.	अब जमाना बदल गया है; लड़कियों को भी शिक्षा मिलनी चाहिए, जिससे घर का और समाज का कल्याण होगा। वे अनपढ़ माँ–बाप का हिसाब रख सकेंगी तथा बच्चों की पढ़ाई में सहयोग कर सकती हैं।

10.	आजकल सरकार की ओर से पिछडे वर्ग के लोगों को मदद दी जा रही है; प्रधानमंत्री ग्राम विकास योजना के अंतर्गत गाँव की तरक्की के लिए सहयोग दिया जा रहा है।

11.	कमला से मिलने की आशा, कहीं इस आशा से निराशा में न बदल जाय और भागना मुश्किल हो जाय। उसने आशा को फँसाने का पूरा इंतजाम कर दिया था। वह बहुत खुश हो रहा था, क्योंकि आज उसकी मनोकामना पूरी होने वाली थी।

12.	ये सब पाप है; उसने जो किया सब पुण्य है; इसके इस पुण्य से समाज में हमारा नाम रोशन होगा।

13.	‘‘मैं नहीं चाहती कि किसी अबला के घर को उजाड़कर अपना ‘अधूरा सुहाग’ पूरा करूँ।

14.	शादी एक पवित्र–बंधन है इसमें छल–कपट कभी न करें; दहेज देना और लेना समाज और देश के लिए उचित नहीं है।

– लेखक : उधाराम के. होतचन्दानी

पात्र परिचय

किशन	–	जमींदार का बेटा
लक्ष्मी	–	किशन की माँ
लता	–	किशन की पत्नी
शंकर	–	रामप्रसाद का बेटा
कमला	–	हरिप्रसाद की बेटी, लता की सहेली, शंकर की मंगेतर
आशा	–	मकान-मालिक की बेटी
रामू	–	रामप्रसाद का नौकर
चम्पा	–	जमींदार की नौकरानी

एक

कहते हैं जब हुस्न आता है तो नजाकत आ ही जाती है। वह खूबसूरत थी... इतनी, कि देखने वाले दंग रह जायें। उभरता हुआ यौवन किसी को भी उसकी ओर देखने के लिए मजबूर कर सकता था। जिधर से वह गुजरती, लोग काम छोड़कर उसकी ओर देखने लगते। वह छलकता हुआ ऐसा सागर थी, जिसको हर कोई पीने की कोशिश करता, क्योंकि वह किसी अप्सरा से कम नहीं थी। उसको देखकर लोग कहते कि 'भगवान ने जरूर इसे फुरसत से बनाया होगा।' यह है लता, जिसको देखकर लोग तड़प जाते थे... मगर हाय रे किस्मत, इतनी खूबसूरत लड़की होते हुए भी उसमें घमण्ड बिल्कुल नहीं था और न ही नजाकत थी। वह बिल्कुल शान्त स्वभाव की थी। उसको दुनिया की कोई फिक्र नहीं। लोग उसके बारे में क्या-क्या कहते हैं, इस पर कभी ध्यान नहीं देती। वह गाँव में एक अद्भुत कली थी।

जब भी वह अकेली होती, उसके सामने नाटक तरह दृश्य बदलने लगता। उसको अब भी याद है, पिछले वर्ष उसके पिता की लम्बी बीमारी के कारण देहान्त हो गया था। उसकी माँ ने बड़ी मुश्किल हालत में पति का क्रियाकर्म किया, क्योंकि उनकी आर्थिक स्थिति ठीक नहीं थी। बीमारी के कारण घर में तंगी हो गई थी। लोग उसके घर सहानुभूति दिखाने आते, मगर

कोई भी दिल से उनकी मदद नहीं करता। जो जमीन उनके पास थी वह भी जमींदार ने झूठी लिखापढ़ी करके छीन ली और कहा कि तुम्हारे पिता ने दो हजार रुपये कर्ज लिये थे, उसके बदले में यह जमीन ले रहा हूँ, जब भी तुम्हारे पास लौटाने के लिए रकम होगी, अपनी जमीन वापस ले लेना। असल में उसके पिता ने पिछले साल बीज के लिए दो सौ रुपये लिए थे लेकिन जमींदार ने उसको दो हजार बना दिया।

जब जमींदार जमीन अपने कब्जे कर रहा था तो माँ ने जमींदार के पाँव पकड़कर कहा था, हमारे लिए अब यही एक सहारा है, हमसे वह भी ले लोगे तो हम किसके सहारे जीवन गुजारेंगे; थोड़ा-थोड़ा कर कर्जा उतार देंगे मगर जमींदार को उन पर कोई दया नहीं आयी। माँ रोती रही, लेकिन वह चला गया। माँ को देखकर लता भी रोने लगी। अब सचमुच उसकी आँखों में आँसू आ गये।

लता लता की आवाज सुनकर वह भूतकाल से वर्तमान में आ गयी। देखा कि उसके बचपन की सहेली कमला उसके सामने खड़ी है। अचानक उसको देखकर उसे ताज्जुब (आश्चर्य) हुआ। जल्दी से मुँह फेरकर अपने आँसू पोंछने लगी, मगर कमला ने देख लिया।

''पगली रो रही है; जिन्दगी में दुःख-सुख आता ही रहता है। रात के बाद दिन जरूर आता है, मगर आदमी रात के अँधेरे में घबरा जाय तो उसके लिए सुबह का कोई महत्त्व नहीं होता। कहते हैं जिंदगी में गम भी साथ लगे रहते हैं; कोई गम में हँसता है, कोई गम में रोता है, इसलिए क्यों न गम को हँसकर टाल दिया जाय।''

''तुम तो किस्मत वाली हो कि माँ का साथ अभी तुम्हारे साथ है, घबराने की क्या बात हैं... मुझे देखो, माँ के प्यार के लिए तरस रही हूँ फिर भी खुश हूँ – कमला ने कहा

''अरे मैं भी क्या बातें ले बैठी; जिस काम से आयी थी वह तो भूल ही गई।

''तुझे याद नहीं, आज मेला देखने जाना है, महाकाली की पूजा होगी; कुछ लोग कह रहे हैं कि एक नौटंकी भी आयी है जो अच्छे-अच्छे नाटक दिखा रही है।

''मैं माँ से पूछकर चलूँगी।

माँ दूसरों के घर से काम करके घर में दाखिल हुई थी। उसने लता की बात सुन ली और कहा – ''कहाँ जाना है, जो माँ से पूछने की जरूरत आ पड़ी हैं।

''हम मेला देखने जा रहे हैं, मगर लता तुम्हें पूछे बिना कहीं पर भी चलने को तैयार नहीं हैं।'' कमला ने कहा।

''बेटी, तुम दोनों सयानी हो गई हो; अब मेला देखने के दिन नहीं हैं... मैं तो सोच रही हूँ लता के हाथ जल्दी से पीले कर दूँ, मगर मुझ गरीब की बेटी को कौन सहारा देगा, भगवान ही मदद करेगा।

''माँ, तुम भी क्या बातें ले बैठी; हर काम समय पर होता है... खैर अब इजाजत दे दो।'' कमला ने कहा।

''अच्छी बात है, मगर जल्दी लौट आना; जमाना खराब है। माँ ने कहा।

कमला, लता से यह कहकर चली गयी कि जल्दी से तैयार हो जाओ, मैं भी तैयार होकर आती हूँ।

उसके जाने के बाद लता ने माँ से कहा– ''नाराज तो नहीं हो? मैं जाना नहीं चाहती थी, मगर कमला जबरदस्ती कर रही है; अगर तुम्हारा दिल नहीं हो तो नहीं जाऊँगी।''

''ऐसी बात नहीं हैं बेटी; मैं तो इसलिए कह रही थी कि हम लोग गरीब हैं, खेल-तमाशों में हमको क्या दिलचस्पी। कमला बड़े बाप की बेटी है, उनको ये सब शोभा देता है। वैसे कमला बहुत अच्छी लड़की है, तुम्हारे साथ बचपन से खेल रही है इसलिए मैंने मान लिया... अब तुम जल्दी से तैयार हो जाओ, वह आती ही होगी।''

लता जल्दी-जल्दी तैयार होने लगी, मगर उसकी समझ में नहीं आ रहा था कि क्या पहने और क्या न पहने... क्योंकि उसके पास अधिक कपड़े तो थे नहीं, फिर भी उसकी नजर में जो अच्छा दिखा, वह पहन लिया। इन सादे कपड़ों में भी वह पूनम के चाँद की तरह दिखाई दे रही थी।

कमला ने जब लता को देखा तो देखती ही रह गयी। ऐसा प्रतीत होता था जैसे कोई अप्सरा बिना श्रृंगार के देवलोक से जमीन पर उतर आयी हो।

कमला ने कहा - तुमको देखकर किसी की भी नीयत डांवाडोल हो सकती है। अगर मैं लड़का होता तो तुमसे ही शादी करता। यह कहकर उसने जल्दी से लता का चुम्बन ले लिया।

घत्। बड़ी शरारती है तू। इसलिए तेरे साथ नहीं चल रही थी। मुझे मालूम है आज तेरा शंकर नहीं, इसलिए वह कमी मुझसे निकाल रही है। शंकर का नाम सुनकर कमला के गालों में लाली आ गयी मगर उसने स्थिति को सम्भालते हुए कहा - बहुत बातें बनाने लगी हो। अब चलो बहुत देर हो गई है। मेले तक पहुंचते-पहुंचते आधा घंटा लग जायेगा। रास्ते भर एक दूसरे से हंसी मजाक करते हुए दोनों मेले में जा पहुंचे।

* * *

कमला धनवान बाप की लाड़ली बेटी थी। लता से उम्र में चार साल बड़ी है। इस समय उसकी उम्र २२ वर्ष की है। वह लता को अपने से छोटी या गरीब नहीं समझती थी। उसमें घमण्ड बिल्कुल नहीं था। वह लता से छोटी बहन की तरह प्यार करती थी, इसलिए लता की माँ ने कमला के सादे स्वभाव और प्यार की वजह से अपनी बेटी को उसके साथ जाने दिया।

* * *

जब दोनों मेले में पहुँची, देखा बहुत भीड़ है। वे भी इधर-उधर घूमने लगीं। ऐसा लगता था कि दोनों सगी बहनें हैं। दोनों का हँस-हँसकर बातें करना, हाथ में हाथ डालकर चलना... किसी को भी अन्दाजा नहीं हो सकता था कि एक अमीर घर की, दूसरी गरीब घर की है।

दोनों मिलकर झूले में बैठीं। इधर-उधर खाया पिया और नाटक देखा। नाटक में दिखाया गया कि राजा हरिश्चन्द्र ने सत्य और मान-मर्यादा के लिए सब कुछ दे दिया, अंत तक अपने वचन पर कायम रहे। यह नाटक गाँव वालों को बहुत पसंद आया। लोगों के दिल पर ऐसा असर हुआ कि कहने लगे, हम भी राजा हरिश्चन्द्र की तरह अपनी मान-मर्यादा के लिए ऐसा ही करेंगे।

काश! वे ऐसा कर सकते, क्योंकि अब तो पहले जैसा जमाना नहीं रहा। लोगों में प्रेम, सहयोग एवं एकता नहीं रही। न वो राजा रहे और न ही वैसी प्रजा।

उस जमाने में लोगों के चेहरों पर मुस्कराहट होती थी, मगर आजकल

हर एक के चेहरे पर कुछ न कुछ गम नजर आता है। कहीं सूखा पड़ रहा है तो कहीं अधिक वर्षा के कारण बाढ़ आई हुई है; कहीं गाँवों के लोग जमीदारों के जुल्मों से तंग आ गये हैं। वर्तमान में तो देश के कुछ नेता दीमक की तरह इस देश को खोखला कर रहे हैं। चारों ओर भ्रष्टाचार है। ऐसे हालात में सत्य हरिश्चन्द्र की मर्यादाओं की पर चलना मुश्किल ही नहीं असम्भव है।

लता और कमला ने भी नाटक देखा। उनके दिमाग पर भी कुछ-कुछ असर हुआ। कुछ देर तक तो वे नाटक के बारे में बातें करती रहीं, फिर इधर-उधर घूमकर उन्होंने अपना मन खेल-तमाशों में लगा दिया। अन्त में जाते समय कमला ने लता के मना करने पर भी उसके लिए हाथी दाँत का एक हार ले लिया।

''मेरे मना करने पर भी तुमने इतना कीमती हार क्यों लिया? तुम हमेशा कुछ न कुछ मेरे लिए लेती रहती हो; मैं अभी तक तुम्हें कुछ भी नहीं दिया है... सोचती हूँ जरूर पिछले जन्म में कोई अच्छा काम किया था, जिसके फलस्वरूप इस जन्म में तुम जैसी मेहरबान सहेली मिली है।''

''अरे पगली हो गयी है क्या! जन्म-जन्मांतर की बातें ले बैठी है... मैं तो तुम्हें अपनी बहन समझती हूँ। ये हार मेरी निशानी समझकर रख ले। अगले साल फिर मिलकर मेला देखने का भाग्य में है या नही, इन्कार मत कर। कमला का स्नेह देखकर लता ने हार पहन लिया। इस तरह की कई बातें करते-करते घर की ओर चल पड़ी। लता को उसके घर छोड़कर कमला अपने घर की ओर चल पड़ी, जो उसके घर से कुछ ही दूरी पर था।

* * *

घर पहुँचते ही उसने देखा कि पिताजी उसके इंतजार में टहल रहे हैं। कमला को देखते ही हरिप्रसाद ने कहा -

''बेटी आ गई तुम; इतनी देर तक तुम्हें बाहर नहीं रहना चाहिए, जमाना बहुत खराब है।''

''मैं लता के साथ मेला देखने गई थी; मेला देखते-देखते समय का पता ही नहीं चला, थोड़ी देर हो गयी। माफ करना पिताजी, आगे अब आपको शिकायत का अवसर नहीं दूँगी।

''शाबाश बेटी, मुझे तुमसे यही उम्मीद थी; तुम हमेशा इस घर की

मान-मर्यादा का खयाल रखोगी।'' लता के साथ जाने से हरिप्रसाद को कोई शिकायत नहीं थी, क्योंकि वह जानते थे कि लता गरीब माँ-बाप की बेटी है, जिसका बाप पिछले वर्ष गुजर गया था। माँ मेहनत-मजदूरी कर खुद और बेटी का पालन-पोषण करती है... बहुत शरीफ लोग हैं।

कुछ देर खामोश रहने के बाद हरिप्रसाद की नजर अपने हाथों पर गई तो उनका ध्यान उस तार की ओर गया, जो कुछ देर पहले आया था। उन्होंने वह तार अपनी बेटी को दिया।

कमला ने वह कागज तो ले लिया, मगर कुछ परेशान होने लगी। मालूम नहीं क्या है। एक नजर पिता की ओर डालकर जल्दी से उसको खोलकर पढ़ा। पढ़ते ही उसके होश उड़ गये। उसने सोचा भी नहीं था कि इतनी जल्दी ऐसा होगा। उसमें लिखा था कि शंकर कल आ रहा है। उसके अरमान जाग उठे। उसकी खुशी का ठिकाना न रहा। पिताजी कहकर गले से लग गयी।

हरिप्रसाद, बेटी की हालत देखकर मुस्कराने लगे।

हरिप्रसाद ने बेटी के सर पर हाथ फेरकर कहा- ''हाँ बेटी, कल शंकर आ रहा है पूरे दो साल बाद। अब उसने अपनी पढ़ाई पूरी कर ली है; सोचता हूँ जल्दी से तुम्हारे हाथ पीले कर दूँ और अपना बुढ़ापा किसी तीर्थस्थान पर जाकर गुजार लूँ।''

शादी की बात सुनते ही वह पिताजी से अलग हो गयी और शर्माती हुई अपने कमरे की ओर भाग गयी।

शंकर, हरिप्रसाद के दोस्त रामप्रसाद का बेटा था। रामप्रसाद, हरिप्रसाद से उम्र में बड़ा था और धन में भी कुछ अधिक था। दोनों का घर नजदीक ही था। रामप्रसाद अक्सर अय्याशी में दिन-रात गुज़ारत रहता था। कभी किसी की परवाह नहीं करता। हरिप्रसाद से कभी-कभी मिलता रहता था। जब भी मिलते, हरिप्रसाद उसे समझाने की कोशिश करता, मगर वह कभी किसी की नहीं सुनता, हमेशा अपनी मस्ती में रहता।

एक दिन रामप्रसाद शराब के नशे में मस्त होकर मुजरा सुन रहा था। गाना समाप्त होने पर कुछ गुण्डों ने नाचनेवाली से छेड़छाड़ की। इस बात पर रामप्रसाद को गुस्सा आ गया और वह गुण्डों से लड़ने लगा। इसी लड़ाई में एक गुण्डे का खून हो गया। छुरा (चाकू) रामप्रसाद को मारने के लिए चलाया

गया, मगर अचानक उसका साथी बीच में आ गया। छुरा उसके दिल में लगा और वह वहीं पर ढेर हो गया। मुजरा देखने वाले खून-खून चिल्लाते हुए भागने लगे। जिसने खून किया था, वह तो पहले ही भाग गया। रामप्रसाद घबरा गया। उसकी समझ में नहीं आ रहा था कि क्या करे। उसके सामने एक लाश पड़ी हुई थी। इतने में पुलिस आ गयी। उन्होंने इसे खूनी समझकर गिरफ्तार कर लिया। पुलिस वाले पूछताछ करने लगे। जो भी लोग वहाँ पर थे, किसी ने भी सच नहीं कहा, क्योंकि उनको डर था अगर कुछ कहा तो कहीं कालू गुण्डा उनका भी खून न कर दे। जब अधिक जानकारी नहीं मिली तो इंस्पेक्टर, रामप्रसाद को अपने साथ पुलिस स्टेशन ले गया।

जब हरिप्रसाद को यह किस्सा मालूम हुआ तो पड़ोसी के नाते उनको दया आ गयी। जल्दी से पुलिस स्टेशन गये और रामप्रसाद को जमानत पर छुड़ाकर अपने घर की ओर ले आये। मगर वह तो इनके घर आने के लिए संकोच कर रहा था तथा अपने आप शर्मिंदा हो रहा था।

‘‘घबराओ मत, मेरे साथ घर चलकर आराम से बैठो। जलपान करो और फिर घटना के बारे में सब कुछ सच-सच बताओ।’’ घर पहुँचने पर हरिप्रसाद ने बेटी को आवाज दी- ‘कमला!’

‘‘जी पिताजी।’’

‘‘देखो बेटी, चाचा जी आये हैं, इनके लिए नाश्ते वगैरह का इंतजाम करो।’’

‘‘क्यों तकलीफ करते हो, मुझे भूख नहीं है।’’

‘‘इसमें तकलीफ की क्या बात है; पहले कुछ खा लो फिर आराम से बैठकर सब सुनाना... जो कुछ हुआ उसे भूल जाओ।’’

थोड़ी देर के बाद कमला नाश्ता बनाकर ले आई। हरिप्रसाद के दबाव व स्नेह के कारण उसने नाश्ता किया। इसी दौरान उसने शुरू से अन्त तक हर बात सही-सही बता दी। उसने बताया, किस तरह कालू गुण्डा आया, लड़ाई हुई, किसी का खून हो गया, वह कैसे शिकंजे में आ गया और पुलिस पकड़कर ले गई।

मुझ पर आपने बड़ी मेहरबानी की, जो जमानत पर छुड़ा लाये, वरना जेल में ही दम तोड़ देता। मुझे मेरे कर्मों का फल मिल गया; अगर पहले ही

तुम्हारी बातें मान लेता तो आज यह दिन न देखना पड़ता। इस अपमान के बाद जीना भी बेकार है।'' उसे अपनी करनी पर पश्चाताप हो रहा था।

''ऐसा क्यों कहते हो? भगवान ने चाहा तो तुम फिर से इस गाँव में सम्मान के साथ रह सकोगे; सुबह का भूला अगर शाम को घर वापस आ जाय तो उसे भूला नहीं कहते।''

''अच्छा अब चलता हूँ, मेरा बेटा न जाने किस हाल में होगा; आपका बहुत-बहुत धन्यवाद, जो इस घड़ी में मेरा साथ दिया।

* * *

रामप्रसाद जैसे ही घर पहुँचे, नौकर ने देख लिया। मालिक को देखते ही उसकी आँखों में आँसू आ गये।

''रामू, क्यों रो रहा है? मेरा बेटा तो ठीक है न?''

छोटे मालिक तो ठीक हैं, मगर उन्होंने दो दिनों से कुछ भी नहीं खाया है, आपके जाने के बाद रो-रो कर बुरा हाल बना लिया है।''

वैसे शंकर २५ साल का नवयुवक था, मगर आजकल के लड़कों की तरह नहीं था। वह सीधा-सादा गाँव का रहने वाला था। मैट्रिक पास करने के बाद उसने शहर में आगे पढ़ने के लिए पिता से आज्ञा माँगी, मगर पिता के मना करने पर ज्यादा जिद नहीं की। ज्यादातर अपने कमरे में कुछ न कुछ पढ़ता ही रहता। जब उसे पिता के गिरफ्तार होने की बात मालूम हुई तो उसके दिल को बहुत धक्का लगा। उसे बहुत दुःख हुआ। इसी गम के कारण न खाया न ही कुछ पिया, अपने कमरे में पड़ा रोता रहता।

रामप्रसाद जल्दी-जल्दी अपने बेटे के कमरे में गये। पिता को देखते ही शंकर ने चरण स्पर्श किये।

बेटा खुश रहो, भगवान मेरी उम्र भी तुमको दे। रामू कह रहा था कि तुमने दो दिन से कुछ नहीं खाया है; जल्दी उठो, हाथ मुँह धोकर खाना खा लो, इस तरह घबरा जाओगे तो जिन्दगी कैसे कटेगी, भगवान को शायद यही मंजूर था।

पिता के कहने पर शंकर ने हाथ मुँह धोकर थोड़ा-सा खाना खा लिया।

दूसरे दिन से रामप्रसाद के जीवन में परिवर्तन आ गया। उसने शराब न पीने की ठान ली, मुजरा वगैरह भी देखना छोड़ दिया। गिरफ्तारी के कारण दिल पर जो सदमा लगा वो अन्दर ही अन्दर उसे खाने लगा। वह कुछ बीमार रहने लगा। हरिप्रसाद से भी अक्सर मिलता रहता। उसको मालूम था हरिप्रसाद कभी किसी को भी गलत राय नहीं देता है। उसके जैसा दयालु और रहमदिल आदमी उनको अभी तक नहीं मिला था। दिन ब दिन रामप्रसाद की हालत बिगड़ती गई और इसी तरह तड़पते-तड़पते छह महीने गुजर गये।

एक दिन अचानक दिल का दौरा पड़ा और बेहोश हो गये। शंकर ने देखा तो परेशान हो गया। उसकी समझ में कुछ नहीं आ रहा था। वह घबरा गया। जल्दी से वह हरिप्रसाद के घर की तरफ भागा। शंकर को हाँफते देखकर हरिप्रसाद परेशान हो गये।

''क्या बात है?'' उन्होंने खाना खाते-खाते पूछा –

इतने घबराये हुए क्यों हो?''

''चाचा जल्दी चलिये, पिताजी को न जाने क्या हो गया है, कुछ बोलते ही नहीं।'' हरिप्रसाद ने आधे में खाना छोड़ दिया और चप्पल पहनकर शंकर के साथ चल पड़े।

इतनी देर में रामू ने मालिक के मुँह पर पानी के छींटे मारे जिससे उनको कुछ होश आने लगा। हरिप्रसाद जब शंकर के साथ वहाँ पहुँचे तो देखा रामप्रसाद को धीरे-धीरे होश आ रहा है। जल्दी से होश में आने के लिए कोयले की सिगड़ी जलाकर उसके पास रख दी और हाथों व पैरों को रगड़ने लगे। इस प्रकार प्रयत्न करने के बाद रामप्रसाद को होश आया। अपने पड़ोसी हरिप्रसाद को अपने पास देखकर उनकी आँख में आँसू आ गये।

मैंने हमेशा गलत रास्ता अपनाया, दिन-रात पीता रहा; अपने बेटे का भी कभी खयाल नहीं किया; समय-समय पर तुम्हारे समझाने पर भी कभी ध्यान नहीं दिया, मुझे माफ कर दो भैया'' – रामप्रसाद ने धीरे से कहा।

''इसमें माफी माँगने की क्या जरूरत है, जो हो गया उसे भूल जाओ, भगवान सब ठीक कर देगा... ईश्वर ने चाहा तो तुम जल्दी अच्छे हो जाओगे और फिर से अपना कारोबार सँभालने लगोगे।

नहीं नहीं, अब मेरा समय आ गया है। हमेशा बुरी संगत में रहा,

जिसका नतीजा यह हुआ कि मुझे जेल जाना पड़ा। अय्याशी के नशे में सब भूल गये और आज लोग नफरत से देखते हैं। काश मैं पहले ही सँभल गया होता तो आज यह हालत न होती। अब तो बस मरने से पहले एक ही खयाल है, मेरे बेटे को कौन सँभालेगा... इतनी जायदाद का वारिस होते हुए भी वह अकेला रह जायेगा।

पिताजी आप ऐसा क्यों कहते हैं, भगवान आपको जल्दी अच्छा कर देंगे, आपकी सेवा करना ही मेरा फर्ज है।

नहीं बेटा, जिन्दगी में कई उतार-चढ़ाव आते रहते हैं... इस जमाने में अकेला चलना बहुत मुश्किल है; तुमको जिंदगी का कोई अनुभव नहीं हैं, इसलिए सोच रहा हूँ तुम्हारा भविष्य में क्या होगा।

इतने में नौकर हकीम को लेकर आ गया। हकीम ने रामप्रसाद की आँखें व जबान देखी, फिर नाड़ी देखकर सोचने लगा। कुछ पत्ते निकाले, पीसकर पानी के साथ पिला दिया। हकीम ने जाते-जाते हरिप्रसाद को अलग ले जाकर कहा- "इनका अंतिम समय आ गया है, नाड़ी की गति धीमी चल रही है; इनकी अंतिम इच्छा मालूम करो, उस इच्छा को पूरा करने की कोशिश करो और हो सके तो कुछ दान-धर्म भी कराओ।

हकीम यह कहकर चला गया।

"हकीम ने क्या कहा?- रामप्रसाद ने पूछा।

"तुम जल्दी अच्छे हो जाओगे, घबराने की कोई बात नहीं।"

"झूठ बोल रहे हो; मैं कभी भी अच्छा नहीं हो सकता, मुझे मालूम है मेरा अंतिम समय आ गया है। बस मरने से पहले एक वचन दो, मेरे बाद शंकर का खयाल रखोगे, उसकी जायदाद की देखभाल करते रहोगे, जब तक कि वह सँभल न जाय; तुमसे ज्यादा, मुझे किसी और पर भरोसा नहीं है।"

"मैं वचन देता हूँ, तुम्हारी हर मनोकामना पूरी करूँगा; - हरिप्रसाद ने कहा।

इतना सुनते ही रामप्रसाद के मुख पर मुस्कराहट आ गयी और वे मुस्कराते-मुस्कराते हमेशा के लिए इस संसार को छोड़कर चले गये। शंकर, पिता के शव पर गिरकर रो पड़ा। उधर कोने में खड़ा रामू भी रोने लगा। इस

दृश्य को देखकर हरिप्रसाद भी अपने आँसू न रोक सका, फिर भी अपने को सँभालते हुए उन्होंने शंकर को धीरज बँधाया।

रोने की आवा सुनकर पड़ोसी भी आने लगे। सब की मदद से शंकर ने पिता का अंतिम संस्कार किया।

* * *

शंकर, पिता की मृत्यु के बाद हरिप्रसाद के घर रहने लगा। घर में रहते-रहते कमला से भी उसका मेल-मिलाप बढ़ता रहा। वैसे कमला भी उसका खयाल रखा करती, क्योंकि उसे मालूम था कि अब उनके सिवा शंकर का और कोई न था। वह शंकर की सहूलियत का पूरा ध्यान रखती तथा हर कमी को पूरा करने की कोशिश करती थी। शंकर अपने को अकेला न समझे, इसलिए वह हँस-हँसकर बोलती और मन बहलाने के लिए नदी किनारे घुमाने जाती। इसी तरह समय बीतता रहा। वे एक-दूसरे के काफी नजदीक आते गये।

हरिप्रसाद ने कमला व शंकर में आपसी आकर्षण देखा तो उनके मन में विचार आया। वे सोचने लगे कि शंकर पढ़ा-लिखा है, उसके नाम पर काफी जायदाद भी है और आगे-पीछे भी कोई नहीं है, क्यों न अपनी बेटी की शादी शंकर से कर दूँ। दोनों मेरी आँखो के सामने ही रहेंगे। शंकर के पिता को दिया वचन भी पूरा हो जायेगा और जिन्दगी भी शांति से कट जायेगी।

एक दिन उन्होंने शंकर को बुलाकर कहा- ''बेटा, कई दिनों से एक बात सोच रहा हूँ, मगर कुछ घबराहट हो रही है, कहीं तुम बुरा न मान जाओ।''

''क्या बात है चाचाजी, जो आपको कहने में घबराहट महसूस हो रही है? मैं बेटे की तरह हूँ, जो भी बात है बिना संकोच कह डालिए, बुरा मानने की कोई गुंजाइश नहीं है।

''मैं सोच रहा हूँ अब तुम अकेले हो और इसी घर में रहते हो; कुछ-कुछ कारोबार भी समझने लगे हो, क्यों न तुम्हारी शादी कर दूँ।

शादी का नाम सुनते ही शंकर शर्माने लगा और कुछ न कह सका। उसके दिल में आ रहा था कि कह दूँ - मैं शादी तो करूँगा, मगर और किसी से नहीं, सिर्फ कमला से। क्योंकि उसमें बड़े-छोटे का लिहाज था, इसलिए होंठ खुलते-खुलते रह गये। बिना कुछ कहे, सिर झुकाये वह बैठा रहा।

''बात क्या है बेटे, चुप क्यों हो गये? अभी शादी का इरादा नहीं है क्या? वैसे उम्र तो हो गई है।''

''चाचाजी आप तो जानते हैं कि मैं पढ़ना चाहता हूँ, मगर पिताजी के मना करने पर शहर में आगे पढ़ने नहीं जा सका; अगर आप इजाजत दें तो शहर में पढ़ने के लिए चला जाऊँ।''

''ठीक है बेटा, अगर तुम आगे पढ़ना चाहते हो तो मेरी ओर से कोई रुकावट नहीं है; मगर जाने से पहले मैं चाहता हूँ कमला से तुम्हारी मँगनी कर दूँ, अगर तुमको यह रिश्ता मंजूर हो तो... वैसे शादी शहर से पढ़ाई समाप्त करने के बाद कर लेना।''

कमला का नाम सुनते ही शंकर का रोम-रोम पुलकित हो उठा। उसकी खुशी का ठिकाना न रहा। उसके मन की मुराद पूरी होने वाली थी। सोचने लगा, अगर पर होते तो उड़कर सीधे कमला के कमरे में जा पहुँचता और उसे यह शुभ समाचार देता। अपने आप को सँभालकर धीरे से कहा- ''चाचाजी आप जैसा उचित समझें कर सकते हैं, मुझे यह रिश्ता मंजूर है।'' आज उसकी मनोकामनायें पूर्ण हो रही थीं।

* * *

शाम को हरिप्रसाद ने पुरोहित को बुलाया और शुभ मुहूरत निकालने के लिए कहा।

पुरोहित ने पंचाग देखकर और कुछ हिसाब लगाकर कहा- ''बुधवार का दिन शुभ है।''

पुरोहित को दक्षिणा देकर विदा किया।

* * *

मँगनी की तैयारी होने लगी। सभी लोग अपने-अपने काम में लगे हुए थे। लता की माँ का भी इस घर में एक विशेष स्थान था, उसे भी बुलाया था। आते ही उसने हरिप्रसाद कहा - मुबारक हो भैया।''

''आपको भी बधाई हो, कमला भी आपकी बेटी है; मेरे लिए जैसे कमला वैसे ही लता, भगवान करे लता के लिए भी अच्छा वर मिल जाय तो उसके भी हाथ पीले कर दें।''

''भगवान को जो मंजूर; हर काम अपने समय पर होता है।'' इतना कहकर वह भी काम में हाथ बँटाने लगी। इसी बीच लता, कमला से मिलने के लिए उसके कमरे में चली गयी।

लता और कमला कमरे में बातें कर रही थीं। दोनों बचपन की सहेलियाँ थीं, इसलिए उनकी बातें हँसी-मजाक में चल रही थी।

अब तो तेरी शादी हो रही है, मैं तो अकेली रह जाऊँगी; तुम्हारे जैसी चहेती सहेली मुझे कहाँ मिलेगी... शादी के बाद कहीं भूल न जाना।''

''घबराती क्यों है, अभी शादी कहाँ हो रही हैं, सिर्फ मँगनी हो रही है... शादी तो दो साल बाद होगी, तब तक तेरा भी इंतजाम हो जायेगा।''

''धत, ऐसी बातें मत करो, मुझे शर्म आती है।

चारों ओर खुशी का माहौल था। घर बहुत अच्छी तरह से सजाया गया था। गाँव के कई लोग आए हुए थे। पंडित जी ने कमला और शंकर को बिठाकर गाँव वालों के सामने मंत्र उच्चारण किये। इस तरह खुशी के माहौल में यह रस्म पूरी हो गई।

* * *

मँगनी के बाद दोनों में मिलाप ज्यादा होने लगा। छेड़छाड़ भी होती रहती।

एक दिन शाम के समय नदी के किनारे बैठे-बैठे कमला ने कहा- ''शहर जाकर मुझे भूल तो नहीं जाओगे?''

''सुना है शहर में जो भी जाता है वहाँ के रंग में रंग हो जाता है, घर वालों को भी भूल जाता है।''

''ऐसे सुहाने समय में कैसी बातें ले बैठी; सुनो नदी का कल-कल बहना, ठंडी-ठंडी हवा का आनंद, डूबते हुए सूर्य का मन लुभाने वाला दृश्य, नदी का किनारा, ये हरियाली, तुम्हारा साथ, कैसे भूल सकता हूँ। मैं उनमें से नही हूँ जो इस स्वर्ग जैसे वातावरण को भूल जाय। मैं तो वहाँ पढ़ने के लिए जा रहा हूँ। वहाँ से वापस आकर गाँवों वालों की भलाई के लिए काम करूँगा। खेती-बाड़ी के पुराने तरीके छोड़कर नये तरीके से खेती करने के ढंग सीखकर आऊँगा, तब हमारे गाँव में खुशहाली आयेगी।

बस बस, बहुत बातें करने लगे हो; तुम क्या करोगे, वह आने के बाद ही मालूम होगा।''

इस तरह उनके दिन गुजरने लगे।

* * *

शंकर ने शहर जाने की पूरी तैयारी कर ली। स्टेशन पर हरिप्रसाद, कमला, रामू, लता और गाँव के कुछ लोग छोड़ने आये। लोग उससे कुछ-कुछ बातें बताने लगे। कोई कहता-शहर में सँभलकर रहना, वहाँ के रहने वाले बहुत चालाक होते हैं। कोई कहता, गाँव वालों को भूल न जाना, कोई कहता पढ़ाई की ओर ध्यान देना। इस तरह कई लोग, कई बातें होती रहीं।

इतने में गार्ड ने हरी झंडी हिलानी शुरू कर दी। शंकर ने सब बुजुर्गों के चरण स्पर्श किये। लता से कहा - कमला का ध्यान रखना और डब्बे में जा बेठा। अपने आँसुओं को रोककर सबको नमस्ते करने लगा। गाड़ी ने धीरे-धीरे अपनी गति पकड़नी शुरू कर दी। जब तक गाड़ी आँखों से ओझल न हो गयी, कमला वहीं ठहरी रही। उसे घबराहट हो रही थी। शंकर से बिछड़ने का गम भी था।

''क्या बात है, बहुत घबरा रही है और आँखों में आँसू आ गये हैं''- लता ने पूछा।

''मालूम नहीं मुझे क्यों घबराहट हो रही है।''

''अरे इसमें घबराने की क्या बात है... दो साल को ही तो बात है, देखते-देखते गुजर जायेंगे; चल अब घर चलें, कब तक खड़ी रहोगी, गाड़ी तो कब की चल दी।

सब लोग धीरे-धीरे स्टेशन के बाहर आ गये।

* * *

गाड़ी अपनी तेज गति से जा रही थी। शंकर ने खिड़की से अपने खूबसूरत गाँव को देखा। लहराते खेत, बहती हुई नदी। गाँव के लोग अपने-अपने कोम में लगे हुए थे। इस सबको छोड़ते हुए उसे बहुत दुःख हो रहा था, मगर अपने पढ़ने के शौक कारण उसे इन सबसे बिछड़ना पड़ा। उसके चेहरे पर गम और खुशी के भाव थे।

शहर में जाने का यह उसका पहला अवसर था। रास्ते में छोटे-बड़े स्टेशन आये, नदियाँ आईं। इन सबको देखकर बहुत खुश हो रहा था, क्योंकि उसका कई सालों का सपना पूरा होने वाला था। कई घंटों के सफर के बाद वह हैदराबाद शहर के स्टेशन पर पहुँच गया।

स्टेशन पर काफी भीड़ थी। उसने इधर-उधर देखा और धीरे-धीरे सामान लेकर बाहर आया। बाहर काफी चहल-पहल थी। इस शोरगुल में उसे गाँव का शांत वातावरण याद आ रहा था। वह रिक्शा पर सवार होकर अपने दोस्त किशन के घर सुल्तान बाजार की ओर चल पड़ा। किशन उसी गाँव के जमींदार का बेटा था और उसके बचपन का दोस्त था।

* * *

किशन को अपने जमींदार बाप के काम करने के तरीके पसंद नहीं थे, इसलिए वह शहर में पढ़ाई करने आया था। छुट्टियों में जब भी गाँव जाता, सभी से हिलमिल कर रहता। जमींदार का बेटा होने का बिल्कुल घमण्ड न था। शंकर तो उसका बचपन का दोस्त है। किशन गाँव वालों के भले के लिए ही छुट्टियों में भी कार्य करता था। गाँव वाले उसकी बहुत इज्जत करते, क्योंकि एक तो वह जमींदार का बेटा, दूसरे उसके दिल में गरीबों के लिए हमदर्दी।

गाँव की कुछ लड़कियाँ उसकी ओर ललचायी नजरों से देखतीं, मगर वह किसी की ओर भी उस दृष्टि से आँख उठाकर भी नहीं देखता। वह खूबसूरत नवयुवक था, मगर गाँव के तौर-तरीकों का पूरा ध्यान रखता था। अगर गाँव में उसने किसी को गौर से देखा, तो वह थी लता। वह लता के अल्हड़ मस्त यौवन और खूबसूरती पर फिदा था। लता का भी उसकी ओर आकर्षण था। जब भी उसका किशन से सामना होता, वह मुस्कराते और शर्माते हुए चली जाती। किशन को जब मालूम हुआ कि उसके पिता ने लता के पिता के देहान्त के बाद उनकी पूरी जमीन ले ली है, तो उसे बहुत दुःख हुआ। इसी बात से और भी कई कारणों से वह पिता से कटा-कटा रहने लगा।

"पिताजी, आपने यह ठीक नहीं किया; गरीब बेसहारा लोगों का सब कुछ छीन लिया, ये कैसे जियेंगे।"

मैंने किसी का ठेका ले रखा है क्या... कर्जे के बदले जमीन ले ली, क्या बुरा किया? मैंने तो यह भी कह दिया है, जब कर्जा चुकता करोगे तब जमीन

वापस कर दूँगा।

वाह पिताजी! आपने उनकी जमीन तो छीन ली और कहते हो कर्जा वापस करने पर जमीन दे दूँगा। बिना जमीन के कहाँ से कर्जा वापस करेंगे? अब तो उनकी हालत बुरी होती जायेगी।"

"मैं कुछ नहीं जानता, तुम जाकर अपना काम करो।" किशन गुस्से में वहाँ से चला गया। उसके दिल में न जाने क्या बात आई, शहर जाने के लिए तैयार होने लगा। पिता ने जब देखा, किशन शहर जाने के लिए तैयार हो रहा है तो उनका गुस्सा कम हो गया, क्योंकि एक ही तो बेटा, वह भी जिद के कारण शहर में साल के दस महीने गुजारता है। इसलिए वह कोशिश करता बेटा गाँव में ही रहे और उसकी जमींदारी सँभाले। उसने पत्नी को बुलाकर कहा–

"लक्ष्मी देख रही हो, किशन अबकी बार जल्दी शहर जा रहा है; मैं तो समझा-समझाकर थक गया हूँ, तुम्ही समझाओ; क्या रखा है पढ़ाई में... अपने बाप-दादा की जायदाद सँभालो। मगर सुनता ही नहीं।

"मैं क्या समझाऊँ; उसको जमींदार द्वारा गरीबों पर अत्याचार करना और दुःख पहुँचाना पसंद नहीं है।

"मैं अपना काम अपने तरीके से कर रहा हूँ और मैंने क्या किया जो उसे पसंद नहीं है?"

"हमेशा टोकते रहते हो; अब वह जमाना नहीं रहा जब माँ-बाप जबरदस्ती औलाद को अपने मनपसंद काम में लगाते थे। आजकल के लड़के गरीब-अमीर के अंतर को कम समझते हैं। कुछ दिन पहले तुमने लता के पिता के मरने के बाद उनकी पूरी जमीन ले ली, अब वे बेसहारा किस तरह अपना पेट पालते होंगे। अपने पास इतनी बड़ी हवेली है, जमीन हैं, धन-दौलत है; फिर क्यों अभी भी गरीबों को तंग करते रहते हो?"

"मैं गरीबों को तंग करता हूँ? हे भगवान, यह मैं क्या सुन रहा हूँ। लक्ष्मी, तुम ये क्यों भूल रही हो, मैं जो भी कर रहा हूँ तुम सबके लिए ही कर रहा हूँ... मेरा क्या, आज नहीं तो कल स्वर्ग सिधार जाऊँगा, बाद में तुम्हारे काम ही तो आयेगा।"

"आप ये कैसी बातें कर रहे हैं; मैं तो इसलिए कह रही थी, कि किशन

कहीं हमको छोड़कर चला गया तो यह सब जायदाद किस काम की। वंश को आगे बढ़ाने वाला कोई नहीं है... देखते नहीं हो, साल के दस महीने वह शहर में रहता है और मुश्किल से दो महीने यहाँ पर। वह दो महीने भी अपने यार-दोस्तों में बिता देता है; कभी वह हमारे पास बैठा या कभी तुमने उसे प्यार से समझाने की कोशिश की है। हमको उसकी इच्छाओं व विचारों का भी खयाल रखना चाहिए। वह पढ़ा-लिखा है, शहर व गाँव के वातावरण से अनभिज्ञ नहीं है; व्यवहारिक जीवन का उसे भी कुछ अनुभव हो गया है, गाँव वाले सभी उसकी इज्जत करते हैं, फिर हम क्यों उसे कमजोर समझें। जायदाद को अच्छी तरह सँभालने की क्षमता उसमें है। वह सुन्दर है जवान है, अब उसकी शादी कर देनी चाहिए, जिससे वह गृहस्थ जीवन की जिम्मेदारियां भी समझ सके; हमारा जीवन तो ईश्वर-भक्ति तथा मानव सेवा में व्यतीत होना चाहिए।

कुछ देर सोचने के बाद कहा- "ठीक है जब तुम दोनों की यही मर्जी है तो मैं भी वैसा ही करूँगा। जब तुम लोगों को ही पसंद नहीं है तो क्यों मैं भी अपना परलोक बिगाड़ूँ, भगवान के कीर्तन में दिन गुजार दूँगा; जाओ उसे बुला लाओ।"

लक्ष्मी जब किशन के कमरे में गई तो देखा, किशन बिल्कुल तैयार होकर जाने के लिए खड़ा है।

"बेटा कहाँ जा रहे हो? इतने बड़े होकर बच्चों की तरह जिद नहीं छोड़ते; चलो तुम्हारे पिताजी बुला रहे हैं।"

"मैं वहाँ जाकर क्या करूँगा; मेरे व पिताजी के विचार नहीं मिलते।"

ठीक है ठीक, पहले मेरे साथ चलो, बाद में ये सब बातें करना। किशन जब माँ के साथ वहाँ पहुँचे तो उसे यह देखकर आश्चर्य हुआ कि कुछ देर पहले पिताजी जितने गुस्से में थे, उतने ही खामोश बैठे हैं।

"पिताजी, आपने मुझे बुलाया।"

"हाँ बेटे; सोचता हूँ मैंने बहुत बड़ी गलती की है जो गरीबों को तंग किया, सौ रुपये देकर हजार रुपये वसूल किये, इतनी जायदाद जमा की। जब तुम माँ-बेटे को पसंद नहीं हो तो क्यों ऐसा करूँ। इसी कारण तुम शहर में रहते हो। अगर तुम साथ नहीं देना चाहते हो तो यह जायदाद किस काम

की... इसलिए निश्चय किया है बेटे, तुम जैसा चाहते हो वैसा ही करूँगा। अगर मैंने गुस्से में कुछ कहा हो तो गलत न समझना; मैं पुराने ख़यालों का आदमी, आजकल के तरीकों को जल्दी नहीं समझ सकता।

"पिताजी ये आप क्या कह रहे हैं; ऐसा कहकर आप मुझे शर्मिंदा कर रहे हैं... मैं वायदा करता हूँ भविष्य में कभी आपके कामों में दखल नहीं दूँगा।

"नहीं बेटा, तुम्हारी माँ और मैंने निश्चय किया है कि कारोबार तुमको सौंपकर, अपना शेष जीवन भगवान के भजन में अर्पण करना चाहते हैं।

"पिताजी आपकी आज्ञा मानना मेरा धर्म है; मैं ये कारोबार सँभालने के लिए तैयार हूँ, मगर मेरी भी एक शर्त है।

"वह क्या?" दोनों ने आश्चर्य से पूछा।

"वैसे घबराने की कोई बात नहीं है। आपको तो मालूम ही है कि मेरी पढ़ाई का यह अंतिम वर्ष है, इसलिए मैं चाहता हूँ कि पढ़ाई पूरी करके यह कार्य सँभालूँ। मैं चाहता हूँ कि जो कुछ भी मैं पढ़ाई द्वारा खेती करने के नये तरीखे सीख रहा हूँ उनका पढ़ाई के बाद इस गाँव में इस्तेमाल करूँ। मेरे दिल में हमेशा यही इच्छा रहती है कि मैं ऐसा कुछ कार्य करूँ जिससे मेरे माँ-बाप और गाँव वालों का नाम चारों ओर फैले और दूसरे गाँव के लिए एक उदाहरण बन जाये। हमारा गाँव देश का एक आदर्श गाँव बन जाय।

लक्ष्मी, जो बाप-बेटे की बातें बड़े ध्यान से सुन रही थी। उसने पति से कहा- "सुन रहे हो हमारा किशन कितनी बड़ी-बड़ी बातें कर रहा है; मैंने सोचा भी नहीं था कि ये इतना होशियार हो गया है।"

"हाँ, इसकी बातें सुन रहा हूँ और समझने की कोशिश भी कर रहा हूँ। मैं समझता था शहर में जाकर बच्चे बिगड़ जाते हैं और ऐसे काम करते हैं जो उन्हें नहीं करने चाहिए, मगर आज मेरा यह वहम दूर हो गया है।"

"सभी लड़के एक जैसे नहीं होते हैं" - लक्ष्मी ने कहा; "हाँ, तुम ठीक कहती हो; किशन की बातें पूरी तरह से तो समझने में नहीं आ रही हैं, फिर भी ये जैसा कहेगा वैसा ही होगा... बेटे, तुम्हारी जैसी इच्छा; एक वर्ष तक मैं तुम्हारे कहने के अनुसार काम करूँगा।"

"पिताजी, आपके मार्गदर्शन के बिना कुछ भी नहीं कर सकूँगा, क्योंकि

जमींदारी का कार्य करने का मुझे तजुरबा (अनुभव) नहीं है; आपका आशीर्वाद चाहिए।''

हमारा आशीर्वाद हमेशा तुम्हारे साथ है, भगवान करे तुम्हारी हर मनोकामना पूरी हो।''

कुछ दिनों के बाद किशन, माँ-बाप से आशीर्वाद लेकर और शांत मन से पढ़ाई पूरी करने के लिए चल पड़ा। वह बहुत खुश था। अब उसमें पहले जैसी तनाव व परेशानी नहीं थी। उसकी मन की इच्छा पूरी होने वाली थी। वह यह सोचकर निकला कि अब वह अपने गाँव को एक आदर्श गाँव बनायेगा... वह सेठ साहुकारों के शिकंजों तथा जमींदारों के गलत दबाव से पीड़ित गाँव के भोले-भाले लोगों को बचायेगा। अब पिताजी ने भी उसके विचारों को समझने का प्रयास किया है। इन्हीं विचारों में मग्न वह शहर में अपने मकान पर जा पहुँचा।

दो

जब शंकर, किशन के घर पहुँचा तो देखा ताला लगा हुआ है। उसने आस-पास पड़ोस से पूछताछ की, मगर सही जवाब नहीं मिला। उसके हुलिए को देखकर लोग ऐसे देखने लगे जैसे कोई चोर या गँवार हो। किसी तरह उसे मालूम हुआ कि किशन घूमने गया है। वह वहीं दरवाजे के पास बैठ गया। करीब रात के दस बजे किशन आया। उसने जब दूर से देखा कोई उसके दरवाजे के पास बैठा है तो उसे कुछ अचरज हुआ। कौन है जो दरवाजे से सटकर बैठा है। जब नजदीक आकर देखा तो एक आदमी ऊँघ रहा है और उसके पास कुछ सामान भी है। किशन ने हिलाकर कहा – कौन हो भाई? यहाँ पर क्यों पड़े हो? कहाँ से आये हो?" कम रोशनी के कारण उसे पहचान नहीं सका।

शंकर झट से आँख मलता हुआ उठ बैठा। जल्दी से उसकी समझ में कुछ नहीं आया, मगर जब उसने गौर से देखा तो सामने किशन खड़ा है। इतनी देर में किशन ने भी शंकर को पहचान लिया था।

"अरे शंकर तुम!" किशन ने कहा

दोनों एक दूसरे के गले मिले।

"तुम कब आये?" किशन ने पूछा। कम से कम पत्र तो लिखा होता, स्टेशन पर लेने आ जाता।"

"अब यहीं सब सवाल पूछोगे या ताला खोलकर अन्दर ले चलोगे।"

"ओ हो, तुमको देखते ही भूल गया।" उसने जल्दी से ताला खोला। दोनों अन्दर गये। दो कमरे थे, जिसको उसने किराये पर लिया था।

कमरे में एक ओर एक पलँग तथा दूसरी ओर एक टेबल कुर्सी रखी थी, उस पर कुछ किताबें रखी हुई थीं। टेबल के ऊपर एक लैम्प तथा घड़ी भी रखी थी। कमरे में कुछ कपड़े टँगे हुए थे, उन्हीं के नीचे एक सन्दूक व एक अटैची रखी थी। दूसरे कमरे में स्टोव और बर्तन रखे थे साफ-सुथरे और हर चीज अपने स्थान पर रखी थी।

शंकर ने देखा तो देखता ही रह गया। "वाह! कमरा तो बहुत अच्छी तरह साफ-सुथरा और सजाकर रखा है; क्या ये सब काम खुद ही करते हो?"

"हाँ मैं ही सब काम करता हूँ, इसमें ताज्जुब की क्या बात है। खैर छोड़ो इन बातों को और ये बताओ यहाँ कैसे आना हुआ?"

"तुम तो जानते ही हो कि मुझे पढ़ने का शौक है, मगर पिताजी के कारण आगे न पढ़ सका। जब से पिताजी का स्वर्गवास हुआ है, आजकल कमला के घर रहता हूँ। चाचा, मेरा मतलब कमला के पिताजी मेरी शादी कमला से करने को कह रहे हैं, मगर मैंने कह दिया मैं आगे पढ़ना चाहता हूँ पढ़ना के बाद शादी। उन्होंने मेरी बात मान ली और मैं यहाँ पढ़ने आया हूँ।"

"बहुत अच्छा किया यार तुमने; एक से दो भले, दोनों मिलकर खूब पढ़ेंगे।"

"इसलिए तो तुम्हारे भरोसे आया हूँ। तुम काफी दिनों से शहर में रहकर अपनी पढ़ाई कर रहे हो, मेरी भी मदद जरूर करोगे।"

"मैं थोड़ी-बहुत मदद कर करूँगा, मगर मेहनत तो तुम जैसी करोगे वैसा ही फल पाओगे। तुम्हारी दिलचस्पी देखकर अन्दाजा लगाकर कह सकता हूँ- जरूर कुछ कर दिखाओगे। अरे मैं तो बातों में भूल ही गया, तुमने कुछ खाया है या नहीं? जल्दी से कपड़े बदलो, हाथ मुँह धो लो, तब तक मैं तुम्हारे लिए कुछ तैयार करता हूँ।"

“मेरे लिए ही क्यों, तुम नहीं खाओगे?”

“क्या बताऊँ; कल इतवार है, इसलिए सिनेमा देखने चला गया और आते-आते होटल से खाना खाकर आ रहा हूँ।

“फिर तो जाने दो, मेरे लिए क्यों तकलीफ करते हो।”

“इसमें तकलीफ की क्या बात है, मुझे तो बड़ी खुशी होगी।”

किशन ने जल्दी से भोजन बनाया। दाल, चावल वगैरह। खाना खाते-खाते शंकर से किशन ने गाँव के बारे में पूछा - पिताजी कैसे हैं? गाँव वाले कैसे हैं? वगैरह वगैरह।

“तुम्हारे पिताजी ठीक हैं, गाँव के लोग भी ठीक हैं, मगर ये वगैरह समझ में नहीं आया।”

“मेरा मतलब है तुम्हारी कमला, उनके पिताजी वगैरह फिर वगैरह।”
“कह तो दिया सब ठीक है, साफ-साफ क्यों नहीं कहते, मेरी लता कैसी है, इतना घुमाकर कहने की क्या जरूरत है, मुझे सब मालूम है।

“हाँ-हाँ यार मैं लता के बारे में ही पूछना चाहता हूँ।”

“वह तो तुम्हें याद करती है... कमला ने मुझे, तुम्हारे तथा लता के बारे में सब कुछ बता दिया है।

इस तरह की बातें करते-करते दोनों सो गये।

दूसरे दिन दोनों देर से उठे, क्योंकि शंकर तो सफर का थका था और रात दोनों देर तक बातें करते रहे, इसलिए किशन भी देर तक सोता रहा। किशन देर से उठने पर जल्दी-जल्दी तैयार हो गया और तब तक शंकर भी तैयार हो गया। किशन ने भोजन बनाया। छुट्टी का दिन होने के कारण आराम से नहाया-धोया और फिर खाना खाकर घूमने के लिए चल पड़े। शंकर को सुल्तान बाजार, कोटी आदि जगहों से घुमाते हुए सालारजंग म्यूजियम ले गया। किशन ने बताया ये ऐसा म्यूजियम है जिसको देखने के लिए दुनिया भर से लोग आते है। यहाँ का सब सामान एक ही व्यक्ति के द्वारा एकत्रित किया हुआ है; इसकी गिनती भारतवर्ष के प्रमुख म्यूजियमों की जाती है।”

शंकर को ये सभी देखकर बहुत आश्चर्य हुआ; विशेषकर उस घड़ी को

देखकर, जिसमें एक पुतला छोटा-सा दरवाजा खोलकर बाहर आता है और हर एक घण्टे में समय के अनुसार घण्टे बजाकर अन्दर चला जाता है। ऐसी और भी कई वस्तुएँ उसने देखी, जिन्हें वह जिन्दगी में पहली बार देख रहा था... जैसे - संगमरमर के पुतले, तस्वीरें और अनेक प्रकार की ऐतिहासिक यादगारें उसने वहाँ देखी।

म्युजियम देखने के बाद दोनों बातें करते-करते पैदल ही पत्थरगट्टी के रास्ते से चारमीनार के पास पहुँच गये।

किशन ने बताया- "यह भवन बहुत पुराने समय से है; कहते हैं इसे मुहम्मद अली कुतबशाह ने बनवाया था। इसके चार कोनों पर चार मीनार हैं, जिस पर चढ़कर देखने से करीब-करीब पूरा हैदराबाद शहर दिखाई देता है। यह एक सौ अस्सी फीट ऊँचा है।"

दोनों टिकट लेकर चारमीनार में ऊपर चढ़ गये। ऊपर जाने के बाद शंकर को कुछ डर लगने लगा। इतनी ऊँचाई पर वह कभी नहीं चढ़ा था।

"डरने की कोई बात नहीं है, मैं जो तुम्हारे साथ हूँ।"

किशन ने शंकर को चारमीनार के चारों तरफ, जहाँ तक नजर जा रही थी, उन सभी स्थानों के बारे में बताया।

चारमीनार देखने के बाद पास में ही मक्का मस्जिद देखने गये। वहाँ से बस में बैठकर बिरला मंदिर देखने गये। यह मंदिर नौबत पहाड़ पर बना है। यह मंदिर पूर्ण सफेद संगमरमर से बनाया गया है। इसमें भगवान वेंकटेश्वर बालाजी की मूर्ति है, जिसे देखने हजारों की संख्या में पर्यटक आते हैं। शाम के समय तो मंदिर की शोभा देखने लायक होती है। इस तरह घूम-फिरकर देर रात को घर पहुँचे। जल्दी से भोजन बनाया और खाकर सो गये। दिन भर घूमने के कारण काफी थक गये थे इसलिए सोते ही नींद आ गई।

* * *

दूसरे दिन किशन, शंकर को साथ लेकर राजेन्द्र नगर जहाँ उसका कॉलेज था, ले गया, वहाँ प्रवेश दिलाया। नया-नया वातावरण शंकर को अजीब सा लगा। गाँव के स्कूल से कॉलेज का भवन बहुत बड़ा और अच्छा था। किशन की सहायता के कारण उसे कोई खास परेशानी नहीं हुई।

दोनों रोज कॉलेज मिलकर जाने लगे। केवल कॉलेज में उनको अलग-अलग क्लास में बैठना पड़ता था। किशन का तो अंतिम वर्ष था और शंकर का प्रथम वर्ष। समय-समय पर किशन, शंकर की मदद करता रहता। दोनों मिलकर कॉलेज जाते और मिलकर घर में पढ़ते। कोई बात अगर शंकर के समझ में नहीं आती तो किशन उसे समझाता।

समय गुजरता गया। शंकर के संग कुछ ऐसे दोस्त भी हो गये जो कॉलेज में तो आते थे, मगर पढ़ाई की ओर ध्यान नहीं देते। बाग में बैठकर फिल्मी बातें करते और लड़कियों पर छींटाकशी करते। पहले तो वह इन बातों से डरता था, मगर धीरे-धीरे उस पर असर होने लगा। कहते हैं खरबूजे को खरबूजा भी रंग बदलता है। वह भी दोस्तों की तरह ही हरकतें करने लगा।

रोज की तरह वह किशन के साथ कॉलेज तो जाता, मगर अपनी कक्षा में नहीं गया, बाहर ही दोस्तों के साथ ठहर गया। किशन ने पूछने पर कहा कि पहला पीरियड खाली है इसलिए हम सब बाग में बैठकर पढ़ाई करेंगे।

"ठीक हैं" – कहकर किशन अपने क्लास में चला गया, मगर शंकर अपने दोस्तों के साथ क्लास में न जाकर पिक्चर देखने चला गया।

इस तरह कई दिन बीत गये। शंकर पढ़ाई की ओर कम ध्यान देने लगा और खेल-तमाशों में ज्यादा।

एक दिन दोनों जब कॉलेज से वापस आ रहे थे तो किशन ने पूछा – क्या यह सच है कि तुम आजकल अपनी क्लास में बराबर नहीं बैठते हो और इधर-उधर घूमते रहते हो?

"ऐसी कोई बात नहीं है भैया, आपको गलतफहमी हुई है; मैं तो बराबर आपके साथ चलता हूँ और वापस आता हूँ।"

"वह तो मैं भी जानता हूँ। तुम मेरे साथ चलते हो, मगर वहाँ पहुँचकर, कहीं गायब हो जाते हो, देखो भैया, तुम यहाँ पढ़ने के लिए आये हो, खेल तमाशों के लिए नहीं, इन सब के लिए तो उम्र पड़ी है... अगर इधर-उधर समय गवाँ दोगे तो यहाँ आने का कोई फायदा नहीं होगा।"

"वो तो मैं भी जानता हूँ, आगे से आपको कभी शिकायत नहीं होगी।"

दूसरे दिन से शंकर ने पढ़ाई की ओर थोड़ा-थोड़ा ध्यान देना शुरु किया।

मगर उस पर जो रंग चढ़ा हुआ था वह उतरता दिखाई नहीं दे रहा था। किसी तरह वह समय व्यतीत कर रहा था।

उस पर शहर की चमक-दमक का असर जल्दी हो गया और उसका रंग अपनी परत पर परत जमा रहा था। वह शहर में आकर भटक गया। शहर को चकाचौंध करने वाली रोशनियों ने शंकर को अपनी ओर आकर्षित करना शुरू किया। कहाँ वह भोला शंकर, जो गाँव में किसी से ऑंख उठाकर भी बात नहीं कर सकता था और पिताजी के बेहोश होने पर कुछ न कर सकने वाला, सब की इज्जत करने वाला व मान-मर्यादा का ध्यान रखने वाला आज शहर में आकर हीरो बन गया। न किसी का डर और न किसी की इज्जत का ध्यान। कभी-कभी तो वह हद से बाहर हो जाता था। एक दिन तो उसने एक लेक्चरर की बेइज्जती कर दी, जिसकी वजह से उसे दो सौ रुपये का जुर्माना भी देना पड़ा।

जब यह बात किशन को मालूम हुई तो बहुत नाराज हुआ। उसने शंकर को बहुत समझाने की कोशिश की, मगर उस पर नई रोशनी की परतें इतनी चढ़ी हुई थीं कि उन बातों का कुछ भी असर नहीं हुआ।

दिन-ब-दिन शंकर की आदतें बिगड़ती गयीं। जिस उद्देश्य से वह शहर आया था, उसको उसने पूर्णतः भुला दिया।

इस तरह समय गुजरता गया। परीक्षा के दिन आ गये। किशन दिन-रात पढ़ने लगा, मगर शंकर में वह बातें नहीं थीं। किशन जब भी समझाने की कोशिश करता, उसको बातें सुननी पड़तीं। उसको तो और कुछ ही दिन गुजारने हैं, इसलिए अधिक दबाव न डालकर अपनी पढ़ाई में व्यस्त रहने लगा।

परीक्षाओं के दिन समाप्त हो गये। अब तो विद्यार्थियों को मौज-मस्ती करने का समय मिल गया। इधर-उधर घूमकर, पिक्चर देखकर परिणाम का इंतजार करने लगे। आखिर एक दिन नतीजा आ ही गया। कइयों के चेहरे फूलों की तरह खिल गये और कई विद्यार्थियों के चेहरे मुरझाये फूलों की तरह हो गये। किशन प्रथम श्रेणी में उत्तीर्ण हुआ, मगर शंकर सिर्फ पास हुआ। किशन ने कड़ी मेहनत करके अंक प्राप्त किये, मगर शंकर ने नकल करके परीक्षा उत्तीर्ण की।

शंकर ने एक कदम और आगे बढ़ाया, यानी कि दूसरे वर्ष में प्रवेश किया। मगर बुनियाद बहुत कमजोर थी। दीवार तो खड़ी हो गई मगर आँधी-तूफान सहने का उसमें सामर्थ्य नहीं था। उसकी तरह और भी कई विद्यार्थी थे, जिन्होंने परीक्षा उत्तीर्ण की, लेकिन नकल करके। ऐसे विधार्थी न केवल माँ-बाप का पैसा बर्बाद करते हैं, बल्कि उन्हें धोखा भी देते हैं। वे समझते है कि अध्यापकों को धोखा देकर परीक्षा पास करके बहुत बहादुरी का काम कर रहे हैं... पर ये नहीं समझते कि वे अपने आप को धोखा दे रहे हैं। ऐसी सफलता वाले आगे चलकर समाज के लिए भी घातक सिद्ध होते हैं। जिन लोगों की प्रारंभिक बुनियाद ही कमजोर बनती जायेगी, वे समाज की बुनियाद मजबूत कैसे कर सकते हैं।

परिणाम के बाद किशन गाँव जाने की तैयारी करने लगा। उसको बड़ी खुशी हो रही थी कि आज उसके मन की मुराद पूरी हो गयी। अब वह अपने गाँव की हालत सुधारेगा। पिता के मार्गदर्शन, गाँव वालों के सहयोग से, खेती बाड़ी के आधुनिक ढंग से, अवश्य ही गाँव को समृद्ध बनायेगा।

जाने से पहले शंकर से कहा - ''अच्छा भाई अपनी तो पढ़ाई पूरी हो गयी है और मैं गाँव जा रहा हूँ; अब देखना मैं गाँव वालों की किस तरह से सेवा करता हूँ; पिताजी भी इस काम में सहयोग देने को तैयार हैं।''

''ठीक है। मैं भी अपनी पढ़ाई पूरी करने पर गाँव आऊँगा और तुम्हारे साथ मिलकर काम करूँगा।''

''भगवान करे, तुम्हारे भटके हुए कदम सही रास्ते पर आयें और तुम लोगों की सेवा कर सको। अगर सुबह का भूला शाम को घर आये तो उसको भूला नहीं कहते, इसलिए मैं कहता हूँ अब तक जो हो गया उसको भूल जाओ और आगे से पढ़ाई की ओर ध्यान देना शुरू कर दो।''

''मैं कोशिश करूँगा।''

''कोशिश नहीं, मुझसे वायदा करो।''

''मैं वायदा करता हूँ।''

''अच्छा एक बात का ख़याल अच्छी तरह से रखना।''

''वह क्या बात है?''

मकान-मालिक को समय पर किराया देना न भूलना। मैंने इतने दिनों से जो अच्छे संबंध बनाये हैं, उनका ख्याल रखना। यहाँ पर पड़ोसी ही अपने माँ-बाप, भाई-बहन व दोस्त होते हैं। हम यहाँ अकेले होते हैं, अच्छे-बुरे समय पर यही लोग काम आते हैं; इसलिए जो भी काम करो, अपने पड़ोसियों का खयाल रखकर करना, ऐसा न हो तुम्हारे भटकते कदम, तुम्हें अच्छे स्थान से निकालकर भटकने के लिए राहों पर छोड़ दें।

"तुम किसी प्रकार की चिन्ता मत करो; तुम्हारे जाने के बाद भी इसी तरह का वातावरण बनाकर रखूँगा। तुम क्या समझते हो एक बार भटकने के बाद फिर से भटक जाऊँगा। सदा तुम्हारे बताये हुए रास्ते पर चलूँगा... समय पर कॉलेज जाया करूँगा, समय पर ही घर वापस आऊँगा, साथ ही अपने पढ़ाई पूरी करके तुम्हारी ही तरह गाँव की सेवा करूँगा।"

"शाबाश! मुझे तुमसे यही उम्मीद है।" इसी तरह की ओर भी कई बातें बताकर किशन स्टेशन जाने के लिए चल पड़ा। स्टेशन पर शंकर तथा किशन के कई दोस्त उसे छोड़ने आये। लम्बे समय की दोस्ती और जुदाई की इस घड़ी में किशन के कुछ दोस्तों की आँखें नम हो गईं। किशन ने जब अपने जिगरी दोस्त रहीम और पाल को देखा तो उसकी भी आँखें भर आयीं। उसने कहा – "मेरे दोस्तों, जितना भी समय मैंने तुम सब के साथ व्यतीत किया और समय समय पर तुमने मेरी मदद की, एक भाई की तरह अपने दिलों में मुझे जगह दी, मैं उस प्यार एवं सहयोग को कभी नहीं भुला सकूँगागाँव जब कभी भी समय मिलेगा, मैं मिलता रहूँगा और अगर तुम सब भी कभी समय निकालकर गाँव आ सके तो मैं हर समय स्वागत के लिए तैयार रहूँगा। अच्छा दोस्तों, इस जुदाई की घड़ी में एक प्रार्थना हैं।"

"प्रार्थना कैसी मेरे भाई, हुकुम करो" – रहीम ने कहा।

"जरा शंकर का खयाल रखना।"

अरे! ये भी कोई बोलने की बात है; हमारे लिए जैसे तुम वैसे ही शंकर, तुम किसी बात की चिन्ता न करो"- पाल ने कहा ।

इस तरह बातों-बातों में समय का पता ही न चला। गार्ड ने हरी झंडी दिखा दी। जब गाड़ी पटरियों पर बढ़ने लगी, तब सबको समय का आभास हुआ। किशन जल्दी से गाड़ी में चढ़ गया। सबने उसे हाथ हिलाकर विदा

किया।

स्टेशन से बाहर आकर सबने चाय पीने की इच्छा जाहिर की। पास के एक होटल में सबने चाय व कुछ नमकीन लिया। इसके बाद सभी रास्ते भर किशन के बारे में बातें करते हुए अपने-अपने घर चल गये।

* * *

दूसरे दिन रविवार था। छुट्टी का दिन और रात को देर से सोने के कारण वह देर से उठा। उसने दोस्तों के साथ छुट्टी के कारण उस्मान सागर पर पिकनिक मनाने विचार बनाया।

वह जल्दी से तैयार होकर उस्मान सागर अपने दोस्तों के साथ चल पड़ा। कोई शराब की बोतल ले आया, कोई ट्रांजिस्टर, कोई टेप रिकार्ड, कोई खाने-पीने का सामान ले आया। सब धूमधाम और मस्ती से वहाँ पहुँच गये।

'उस्मान सागर' हैदराबाद शहर का बहुत बड़ा तालाब है। कई वर्ष पहले मूसा नदी को रोककर बाँध बनाया गया था। अभी भी मूसा नदी शहर के बीच से बहती है, जिस पर नये और पुराने शहर को जोड़ने के लिए कई पुल बने हुए हैं। जैसे कि हर बड़ा शहर नदियों के किनारे बसा हुआ है, उसी तरह हैदराबाद शहर भी इस नदी के दोनों ओर बसा हुआ है। इसी उस्मान सागर से शहर के अधिकांश भाग को पीने का पानी मिलता है। हैदराबाद शहर आन्ध्र प्रदेश की राजधानी है।

उस्मान सागर के पास पार्क में सबने बड़े हर्षोल्लास के साथ पिकनिक मनाई, शाम तक खाते-पीते रहे; गाते रहे और लोगों से भी हँसी-मजाक तथा मस्ती करते रहे। किसी के कपड़ों को, किसी के कद को, किसी के चाल को देखकर हँसते। खासकर लड़कियों की ओर विशेष आकर्षित थे। रविवार व छुट्टी के कारण कई लोग परिवार के साथ और कुछ अकेले पिकनिक मनाने आये थे।

इस तरह हल्लागुल्ला मचाकर शाम को लोगों को परेशान करते हुए वापस अपने रास्ते चल पड़े। कुछ दूर जाने के बाद उनकी कार खराब हो गयी। उसको कुछ दूर तक ढकलने की कोशिश करने लगे, मगर गाड़ी स्टार्ट नहीं हुई। गाड़ी खोलकर देखने लगे कि क्या खराबी है। मैकेनिक का काम तो वे जानते नहीं थे इसलिए किसी के गाल पर काले दाग लग गये तो किसी के कपड़े

खराब हो गये। उनकी सूरत बन्दर जैसी हो गई थी। वे एक-दूसरे को देखकर हँसने लगे, मगर उनकी हँसी परेशानी में डूबी हुई थी।

इतने में लड़कियों की गाड़ी वहीं से गुजरी। उन्होंने जब देखा कि ये वही लड़के हैं, जिन्होंने उनके साथ उस्मान सागर पर छेड़छाड़ की थी, तो उन्होंने गाड़ी रोक ली। नजदीक आकर जब इनकी हालत देखी तो इतने जोर से हँसने लगीं कि लड़के परेशान हो गये। मुश्किल से हँसी रोककर एक लड़की बोली – क्या हम आपकी कुछ मदद कर सकती हैं?"

सब लड़कों ने एक साथ कहा- ''क्यों नहीं।''

लड़कियों ने गाड़ी घेर ली और बड़ी होशियारी से गाड़ी का एक पुर्जा छुपा लिया और कुछ देर इधर-उधर देखने के बाद यह कहकर चली गईं कि अब ठीक हो गई है और अपनी गाड़ी में बैठकर चल दीं। लड़कों ने खुश होकर जब गाड़ी चलानी चाही तो वह एक इंच भी नहीं हिली। गाड़ी की ये हालत देखकर उन सबको बहुत गुस्सा आया।

एक ने कहा- ''लड़कियाँ हमें बेवकूफ बना गयीं, हम इसका बदला जरूर लेंगे।''

दूसरे ने कहा- ''अब क्या बदला लोगे; हमने जो पार्क में उनके साथ छेड़छाड़ी की थी, उसका बदला ले गयीं; अब रातभर जंगल में बैठे रहो। इसलिए बेटा जैसा करोगे वैसा ही भरोगे, देख लिया न नतीजा।''

''चुप कर यार, क्या बकवास लगा रखी है; इसी छेड़छाड़ में तो मजा आता है; कभी हमने छेड़ा तो कभी उन्होंने छेड़ा, समझे! किसी ने खूब कहा है...

जिन्दगी इक सफर है सुहाना, यहाँ कल क्या हो किसने जाना।

रात के आठ बज गये, मगर कुछ भी उपाय नहीं हो सका। इतने में उन लोगों को दूर से एक गाड़ी आती दिखाई थी। उनकी खुशी का ठिकाना न रहा। वे सोचने लगे चलो भगवान ने किसी को तो भेज दिया है। सब ने गाड़ी को रोकने के लिए हाथ उठाये, मगर गाड़ी बिना रुके सटक गयी। ''धत् तेरे की, साले ने गाड़ी रोकी भी नहीं, ऐसा मालूम होता है जैसे लौंडिया फँसाकर जा रहा है''- शंकर ने कहा –

इस तरह दो तीन गाड़ियाँ निकल गईं, मगर किसी ने भी नहीं रोकी। अंत में रात के करीब दस बजे एक लारी वाला गुजर रहा था। दूर से उसने देख लिया कि कुछ लड़के गाड़ी रोकने की कोशिश कर रहे हैं। पहले तो वह थोड़ा डर गया। सोचने लगा कहीं गुण्डे, बदमाश तो नहीं हैं, जो इतनी रात गये जंगल में गाड़ी रोकने की कोशिश कर रहे हैं। जैसे ही वह नजदीक से गुजरा तो गौर से देखा कि गाड़ी बिगड़ी है। लड़के सभ्य और अच्छे कपड़े पहने हुए दिखाई दे रहे हैं तो कुछ दूर जाकर उसने गाड़ी रोक ली। सभी खुशी-खुशी भागते हुए उसके पास पहुँचे। उन्होंने देखा सरदार जी गाड़ी में हैं।

सबने एक साथ कहा- ''सरदार जी हमारी मदद कीजिये, बहुत देर से गाड़ी खराब पड़ी है और कोई भी दिखाई नहीं देता, हमारी मदद कीजिये; इतनी रात हो गई है हमारे माँ-बाप परेशान हो रहे होंगे।''

सरदार जी को उन पर दया आ गयी। उन्होंने देखा गाड़ी में एक पुर्जा गायब है। उन्होंने कहा देखो भाइयो तुम्हारी गाड़ी में एक पुर्जा नहीं है; वैसे गाड़ी में थोड़ी खराबी थी, मैंने ठीक कर दिया है।

''जब घर से निकले थे तो सब ठीक था, पुर्जा कैसे गायब हो गया?''

दूसरे ने कहा- ''जरूर उन लड़कियों ने कुछ गड़बड़ कर दी है... मुझे तो उसी समय शक हो गया था, जब उन्होंने बिना पूछे हमारी मदद की थी। वे ही हमें परेशान करने के लिए पुर्जा लेकर हँसते हुई चली गयीं।''

सरदारजी ने जब लड़कियों की बात सुनी तो कुछ शक होने लगा और कहा- ''क्या बात हैं पुत्तर, ये लड़कियों का क्या चक्कर है?''

''ऐसी कोई बात नहीं है सरदारजी, हम आज छुट्टी गुजारने के लिए उस्मान सागर पर पिकनिक मनाये आये; वहाँ पर हँसते गाते कुछ लड़कियों से मजाक किया था। वहाँ पर तो उन लड़कियों ने कुछ नहीं कहा, पर वापसी में यहाँ पर हमारी गाड़ी खराब हो गई तो हमने बनाने की कोशिश की, लेकिन कुछ न कर सके। इतने में वही लड़कियाँ यहाँ से गुजर रही थीं, हमको देखकर गाड़ी रोक दी। हमने मदद माँगी, पर उल्टा बनाने के बहाने बिगाड़ कर चली दीं, गाड़ी एक इन्च भी आगे न बढ़ सकी। हमें क्या मालूम था कि वे इस तरह हमारे मजाक का बदला लेंगी। हम तब से यहाँ पर किसी की मदद के लिए बैठे हैं, मगर कोई हमारी मदद के लिए रुका ही नहीं। आपने गाड़ी रोककर हमारे

ऊपर बड़ा अहसान किया। तब तक एक ने कहा- ''भगवान आपका भला करे।''

इतने में सरदार जी ने कहा- ''इसमें अहसान की क्या बात है; हर आदमी का फर्ज है कि एक-दूसरे की वक्त आने पर मदद करे। खैर, कुछ करके गाड़ी ठीक कर देता हूँ, मगर सुबह पुर्जा जरूर लगवा लेना वर्ना गाड़ी फिर से खराब हो जायेगी। आगे से एक बात का ध्यान रखना।''

''वह क्या सरदारजी?'' सबने एक साथ पूछा।

''कभी लड़कियों को न छेड़ना... देख लिया न मजाक करने का परिणाम। अगर मैं नहीं आता तो सारी रात सर्दी में यहाँ पड़े रहते; इधर तुम परेशान, उधर तुम्हारे माँ-बाप भी, समझ गये न!''

''बिल्कुल समझ गये, आगे से कभी ऐसा नहीं करेंगे।''

''ठीक है, ठीक है।'' कहकर सरदार अपने रास्ते चल पड़ा। उसने सोचा चलो, वाहे गुरु की कृपा से आज किसी के काम तो आया।

लड़कों ने गाड़ी स्टार्ट की और घर की ओर चल पड़े। जब वे घर पहुँचे तो रात के बारह बज रहे थे। किसी के माँ-बाप परेशान हो रहे थे तो किसी के आराम से सो रहे थे। जिनके माँ-बाप आराम से सो गये थे, वे घर जाकर आराम से सो गये... मगर जिनके जाग रहे थे उनको डाँट सुननी पड़ी। खामोशी से डाँट सुनकर वे भी सो गये।

तीन

किशन, ट्रेन में अपने गाँव के बारे में सोचता रहा। आज से उसके सपने पूरे होने वाले हैं। जवानी का छलकता तूफान उसको अपने गाँव के लिए प्रोत्साहित कर रहा था। उसमें उमंग थी, होठों पर अजब मुस्कान थी। आज पूरे एक साल बाद वह गाँव की जमीन पर कदम रखने वाला था। गाड़ी जैसे ही रुकी, वह सामान लेकर उतरा। बाहर आकर ताँगे पर सवार होकर अपने गाँव की और चल पड़ा। तांगेवाला उसको जानता था।

ताँगेवाले ने कहा- ''क्यों भैया, आज बहुत खुश नजर आ रहे हो, कोई बड़ी नौकरी मिल गई है क्या?''

''चाचा तुम भी क्या बातें ले बैठे... तुमको शायद याद नहीं, आज मैं पूरे एक साल के बाद यहाँ आया हूँ, क्या यह कम खुशी की बात है! इतने दिनों के बाद सब से मिल रहा हूँ। अपने माँ-बाप से मिलूँगा, उनकी सेवा करूँगा... अभी तो मुझे अवसर मिला है आप सब गाँव वालों के साथ काम करने का। काम करके बड़ा मजा आयेगा।''

''तुम हमारे साथ काम करोगे इतना पढ़ लिखकर! तुमको खुश देखकर मैं तो समझ रहा था कि शहर में नौकरी करोगे और जमींदार साहब से पैसे लेकर चल पड़ोगे।''

''क्या चाचा, तुमको मालूम है, मैं शहर क्यों पढ़ने गया था?''

''मुझे क्या मालूम बेटा।''

मैं इसलिए पढ़ने गया था कि कुछ बनकर आऊँ, ज्ञान बढ़ाऊँ, खेती-बाड़ी के नये-नये तरीखे सीखूँ; फिर यहाँ आकर सब के साथ मिलकर गाँव की खेती की उपज बढ़ाऊँ... इस कार्य से आसपास के गावों की भी मदद कर सकूँ।

''हमारे गाँव में सब कुछ है, मगर लोग इसकी वास्तविकता को भूलते जा रहे हैं। लोग शहर की चकाचौंध करने वाली रोशनी में भटक रहे हैं। शहर से बढ़कर यहाँ असली धन-दौलत है। यहाँ की जमीन थोड़ी-सी मेहनत के बाद हमारी सब जरूरतें पूरी करती है... यह हमारी माँ है और हमेशा हमारा साथ देती है। गाँव में शांति है और सब एक दूसरे से मोहब्बत से रहते हैं; मगर शहर में ज्यादातर छल-कपट है।''

''वाह बेटा! तुम्हारे विचार जानकर बहुत खुशी हुई। मैं तो समझता था शहर जाकर अक्सर आजकल के नौजवान गाँववालों को भूल जाते हैं और नौकरी कर अपनी जिन्दगी वहीं पर बिताते हैं; क्या तुम पर शहर की हवा का असर नहीं हुआ है? हैदराबाद तो बहुत बड़ा शहर है।''

''चाचा, मुझ पर भी वहाँ की हवा का असर होता, मगर वहाँ पढ़ने गया था, मौज-मस्ती करने के लिए नहीं। हाँ यह सच है अधिकतर लोग वहाँ पर रँग जाते हैं। सभी एक जैसे नहीं होते हैं। शहर में हर तरह के दोस्त मिलते हैं, पर यह अपने पर निर्भर है कि सीमित मर्यादा में वहाँ रहें। मैं जिस उद्देश्य के लिए गया था, उसे पूरा करके आ रहा हूँ।''

इस तरह की बातें करते-करते घर तक पहुँच गये। किशन ने पैसे देने चाहे तो ताँगेवाले ने लेने से इन्कार कर दिया, मगर किशन ने जबरदस्ती उसे कुछ रुपये दिये और कहा इस तरह से काम नहीं चलेगा, घोड़ा घास से दोस्ती करेगा तो खायेगा क्या।''

किशन धीरे से सामान लेकर घर के अन्दर गया। माँ जो उस समय अपने काम में व्यस्त थी, उसे मालूम भी नहीं हुआ कि कौन आया है।

'माँ!'- किशन ने कहा।

जैसे ही उसने आवाज सुनी, काम छोड़कर देखने लगी। अपने बेटे को सामने देखकर उसको विश्वास नहीं हुआ। अचानक ये सब क्या है, आँखें मलमल कर देखने लगी। जब तक वह कुछ कहे, किशन ने माँ के पाँव छुए और माँ कहकर गले लग गया। माँ ने बेटे को गले लगाया। उसकी आँखों से खुशी के आँसू बह निकले।

माँ को देखकर किशन ने कहा- माँ तुम रो रही हो?

''मैं रो कहाँ रही हूँ, यह तो खुशी के आँसू हैं। मगर ये तो बता अचानक कैसे आना हुआ, न चिट्ठी न पत्र; कम से कम एक पत्र तो लिख दिया होता, स्टेशन पर गाड़ी भेज देते।

''माँ, सोचा अचानक जाने में मजा आयेगा, इसलिए बिना पत्र लिखे आ गया, आप ठीक तो हैं? पिताजी कैसे हैं? हाँ पिताजी दिखाई नहीं दे रहे हैं।''

''मैं ठीक हूँ और तेरे पिताजी भी ठीक हैं; वे थोड़ी देर पहले खेतों पर गये हैं... सुबह-सुबह हवा खोरी को जाते हैं और खेतों की देखभाल भी कर आते हैं।''

''अच्छा माँ, यह तो बताओ पिताजी का स्वभाव अब कैसा है... कुछ धर्म-कर्म भी करते हैं या पहले जैसा ही बर्ताव है।''

''नहीं बेटा, वे अब बहुत बदल गये हैं... पहले जैसा गुस्सा भी नहीं, रहा। शांत स्वभाव के हो गये हैं; सबसे मिलजुल कर रहते हैं और कुछ दान-धर्म भी कर रहे हैं। चौक के पास जानवरों के लिए प्याउ बनाया है; गाँव वाले अब उनकी अधिक इज्जत करते हैं।''

''बड़ी खुशी की बात है; मुझे यह जानकर बहुत प्रसन्नता हुई है।''

''अच्छा अब बहुत बातें हो गईं; जल्दी से स्नान कर, तब तक तेरी पसंद का भोजन बनाती हूँ।''

''ठीक है माँ, तुम्हारे हाथ का भोजन खाये भी बहुत दिन हो गये हैं; अभी तैयार होकर आता हूँ।'' वह जल्दी से स्नान करने पिछवाड़े कुएँ पर चला गया।

लक्ष्मी जल्दी-जल्दी भोजन बनाने में जुट गई। उसके हाथ मशीन की तरह काम करने लगे। उसने जल्दी से बेटे की पसंद के आलू पराठे, गोभी की

सब्जी और भी कई तरह के पकवान बनाये।

चम्पा, घर की नौकरानी, गौर से देख रही थी कि किस तरह जल्दी-जल्दी मालकिन ने भोजन बनाया।

चम्पा ने कहा- ''माँजी, बाबूजी अभी तैयार नहीं हुए हैं, आप इतनी जल्दी-जल्दी क्यों कर रही हैं?''

''तू क्या जाने मेरे बेटे को कितनी भूख लगी होगी, क्या उसके तैयार होने तक इंतजार करती रहूँ... आज कितने दिनों के बाद मेरे हाथ का खाना खायेगा।''

''मुझे मालूम है माँ जी, पूरे एक साल बाद आये हैं।''

''अच्छा-अच्छा जा जल्दी से कमरा साफ कर, किशन खाने के बाद आराम करेगा।''

किशन जल्दी से तैयार हो गया और खाने के लिए रसोई में आकर बैठ गया। माँ ने जल्दी से खाना परोसा और सामने बैठ गई।

किशन ने जब देखा उसके पसंद का खाना है तो उससे रहा नहीं गया और बोला – ''वाह माँ! क्या भोजन बनाया है, मजा आ गया; शहर में कितना ही पैसा खर्च करो, मगर ऐसा खाना ढूँढ़ने से भी नहीं मिलता; तुम्हारे हाथ में तो जादू हैं।

''बस-बस, बातें करने लगा है; खाना भी खायेगा या बोलता ही रहेगा... ले ये खा, तेरे लिए खासकर बनाया है।''

''क्या कहती हो माँ, इतना खा लिया शायद जिन्दगी में कभी खाया हो।'' खाने के बाद पानी पीकर जैसे ही बाहर आया, जमीदार साहब से सामना हो गया। बेटे को देखते ही उनको आश्चर्य हुआ। वह कुछ सोच रहा था कि किशन ने आगे बढ़कर चरण-स्पर्श किये।

''जीते रहो बेटा, भगवान तुम्हारी उम्र लम्बी करे... हमेशा खुश रहो... मगर यह तो बताओ अचानक कैसे आ गये, न चिट्टी न पत्री; तुम्हारे इम्तहान का क्या हुआ?''

इम्तहान भी हो गया और नतीजा भी निकल गया; आप के आशीर्वाद से

अच्छे नम्बरों से पास भी हो गया। बिना पत्र लिखे इसलिए आ गया कि आप सबको आश्चर्य में डाल दूँ।''

''अच्छा, अब आगे के लिए क्या सोचा है?''

लक्ष्मी उनकी बातें सुन रही थी- कहा- -''आते ही सवाल पूछने शुरू कर दिये; कुछ देर पहले तो आया है, आराम करने दो, शाम को सब हालचाल पूछना।''

''आराम के लिए कब मना किया है... मैंने तो ऐसे ही पूछ लिया; जाओ बेटा आराम करो।''

''मैंने अभी-अभी भोजन किया है, इसलिए थोड़ी देर के लिए बाहर घूमकर आता हूँ।''

''अच्छा-अच्छा, जाओ बेटा, गाँव का रंग भी देखकर आओ।

किशन जल्दी से अपने कमरे में गया और एक छोटा पैकेट लेकर बाहर निकल पड़ा। गाँव में सबसे मिलकर अंत में हरिप्रसाद के घर गया।

''नमस्ते चाचाजी!''

''कौन? किशन! जीते रहो बेटा, कैसे हो?''

''कब आये?''

''सब आपकी कृपा है। आज सुबह आया हूँ, तैयार होकर आप सबसे मिलने चला आया।''

''बहुत अच्छा किया बेटा।''

''कमला बहन दिखाई नहीं दे रही हैं, कहीं बाहर गई हैं क्या?''

''नहीं नहीं, यहीं कहीं होगी... कमला ओ कमला, देखो कौन आया हैं।''

''कौन आया है पिताजी?'' कमला ने दूसरे कमरे से आवाज दी।

''बाहर आकर तो देख।''

कमला झट से बाहर आयी और देखा कि सामने किशन बैठा है, तो

उसने हाथ जोड़कर पूछा– "कब आये हो भैया?"

"आज ही आया हूँ और आप सबसे मिलने चला आया।"

"अच्छा बेटे तुम बातें करो, मुझे जरूरी काम है... बेटी, किशन के लिए नाश्ते का इंतजाम करो।"

"चाचाजी मैं अभी खाना खाकर आ रहा हूँ; आप तो जानते ही हैं माँ बिना खाये बाहर जाने नहीं देती।"

"वह तो मैं जानता हूँ। तुम्हारी माँ देवी है; उनके ही कर्मों का फल है जो आज जमींदार साहब में बदलाव आया है... अब वे सबसे मुहब्बत से मिलते हैं, बातें करते हैं... गरीबो के साथ भी उनका व्यवहार बहुत ही नम्र हो गया है। कितने ही लोगों का ब्याज माफ कर दिया है और सभी में उनकी इज्जत बढ़ती ही जा रही है।"

किशन को यह सुनकर बहुत खुशी हुई। वास्तव में पिताजी बदल गये हैं, अब उसे पूरा विश्वास हो गया। हरिप्रसाद बाहर चला गया और इतनी देर में कमला चाय और पकौड़े बनाकर ले आई।

कमला के आग्रह पर उसने थोड़े पकौड़े खाये और चाय पी। कमला ने भी खाने–पीने में साथ दिया।

कमला की प्रश्नवाचक नजरों से किशन ने भाँप लिया कि वह कुछ पूछना चाहती है।

कमला पूछ ही बैठी –" क्या बात है, आप इस तरह क्यों देख रहे हो?"

"ऐसी कोई बात नहीं हैं, ऐसे ही देख रहा था।"

"नहीं, जरूर कोई बात है।"

जब तुम पूछ ही रही हो तो कहता हूँ– मैंने तुम्हारी आँखों में एक प्रश्न देखा है, मगर जबान खामोश है।"

"कैसा प्रश्न?" (कमला ने अन्दाजा तो लगा लिया कि वह क्या कहना चाहता है।)

"अभी तक तुमने शंकर के बारे में कुछ नहीं पूछा।

''क्यों, मेरे पूछने पर ही बताओगे वरना नहीं? मैं तो समझ रही थी कि तुम खुद ही बतलाओगे। अच्छा, अगर तुम्हारी यही इच्छा है तो पूछ ही लेती हूँ... शंकर कैसा है? कब यहाँ आ रहा है, पढ़ाई कैसी चल रही है; मुझे याद भी करता है या नहीं।''

''बाप रे, तुमने एक साथ इतने सारे प्रश्न पूछ लिये, मैं तुम्हारे सब प्रश्नों का जवाब नहीं दूँगा; बस इतना कह सकता हूँ कि वह ठीक है।'' (उसने मन में सोचा, अगर मैं बता दूँ कि शंकर वहाँ मजे कर रहा है और तुमको याद भी नहीं करता है, तो इसके दिल को ठेस लगेगी), इसलिए इतना ही बताना उचित समझा और तुम्हारे दूसरे प्रश्नों का जवाब बाद में दूँगा अगर उससे पहले मेरा एक काम करो।''

''क्या काम?''

''यह छोटा पैकेट लता तक पहुँचा दो, मैं उससे बाद में मिलूँगा।''

''क्या मेरे लिए कुछ नहीं लाये?''

''तुम्हारे लिए तो कुछ लेना चाहा, मगर शंकर ने मना कर दिया; उसने तुम्हारे लिए एक बढ़िया साड़ी खरीदी थी, मगर मैं लाना भूल गया।'' किशन ने सफेद झूठ बोला।

''ठीक है, लाओ पैकेट पहुँचा दूँगी।''

''मेरी अच्छी बहन।'' कहकर किशन ने वह पैकेट उसे दिया और घर से बाहर आ गया। वहाँ से सीधा अपने घर आया और आराम से सो गया।

दूसरे दिन बाप और बेटा आपस में बातें करने लगे।

''अब तो तुम्हारी पढ़ाई पूरी हो गई है, आगे के लिए क्या विचार किया हैं?''

''आपकी जैसी आज्ञा पिताजी।''

''मेरी क्या आज्ञा बेटे... अब तुम पढ़-लिखकर तैयार हो गये हो; पिछले साल जाने से पहले तुमने कहा था कि पढ़ाई पूरी करने के बाद गाँव को आधुनिक बनाऊँगा। मेरा मतलब आधुनिकता फैशन में नहीं बल्कि नये-नये वैज्ञानिक तरीकों से गाँव की उन्नति करना, खेती-बाड़ी करना आदि।

"हाँ हाँ मुझे सब याद है; आपके आशीर्वाद से अपने इरादों में जरूर कामयाब होऊँगा।"

"जीते रहो बेटा, मुझे तुमसे यही उम्मीद है।"

"बस थोड़े दिनों की बात है... आप देखेंगे इस गाँव में सभी भरपेट भोजन पा सकेंगे, कोई बीमारी से नहीं मरेगा; किसी को कोई सतायेगा नहीं; छोटे-बड़े सब खुश रहेंगे। आप शायद नहीं जानते, सरकार भी गाँवों की तरक्की की ओर अधिक ध्यान दे रही है; पिछड़े वर्गों के लिए विशेष रियायतें दी जा रही हैं; गाँव के लोगों का जीवन-स्तर ऊँचा उठाया जा रहा है, जमीदारों और सूदखोरों के जुल्मों से गरीब किसानों को बचाया जा रहा है। अब समय आ गया है, सब मिलकर काम करें और देश की उन्नति करें।"

इतने में लक्ष्मी ने आकर कहा - "सुबह से बैठे बातें ही करोगे या खाना भी खाओगे; जल्दी से तैयार हो जाइये तो पड़ोस में गोविन्द भैया के बेटी की शादी में जाना है; अगर नहीं गये तो उनको बुरा लगेगा।

"जरूर जायेंगे, हमने कब मना किया है... चलो बेटे जल्दी से खा-पीकर तैयार हो जाओ।"

सब तैयार होकर निकले तो जमीदार ने कहा - "लक्ष्मी, तुमने पहले क्यों नहीं बताया, गोविन्द की लड़की के लिए कोई उपहार खरीद लाता; अब तो समय भी बहुत कम है।"

आप फिक्र न कीजिये, मैंने एक साड़ी खरीद ली है... मैंने सोचा आपको शायद समय न मिले, इसलिए कल ही मँगाई थी।"

"बहुत ही अच्छा किया।"

बातें करते-करते गोविन्द के घर पहुँच गये।

घर को साधारण तरीके से सजाया गया था। मेहमानों के बैठने के लिए, पुरुषों के लिए बाहर और महिलाओं के लिए अन्दर इन्तजाम किया गया था। इनकी अच्छी तरह से आवभगत की गयी और बैठने के लिए आसन दिया गया। गाँव के और भी कई लोग आये हुए थे।

ब्राह्मण मन्त्रोच्चारण कर रहा था। कुछ देर के बाद लड़के-लड़की ने फेरे लिये। लोगों ने फूलों की वर्षा की। सब खुश थे। कोई लड़की की तारीफ

कर रहा था कि देखो कितनी अच्छी लड़की है। थोड़ी-सी पढ़ी-लिखी भी है, घर का कामकाज बहुत अच्छे ढंग से चलायेगी... मिलनसार है, सबसे मिलकर रहेगी।''

कुछ लोग दूल्हे की प्रशंसा कर रहे थे कि सरकारी नौकरी करता है अपनी पत्नी को सुखी रखेगा आदि आदि।

फेरों के बाद दूल्हा-दुल्हन ने अपने माता-पिता से आशीर्वाद प्राप्त किया। गोविन्द ने दोनों को गले से लगाया और वर से कहा- ''अब हमारी लाड़ली लड़की तुम्हारे हवाले है, इसका ख्याल रखना; हमारी ओर से अगर कोई कमी- बेशी या गलती हो गई हो तो माफ कर देना।''

''आप कैसी बातें कर रहे हैं, आपकी इज्जत अब मेरी इज्जत, किसी बात की चिन्ता न करें।''

इसके बाद गोविन्द दोनों को जमींदार के पास ले गया। उन्होंने दोनों को आशीर्वाद दिया और अपनी ओर से ५०१/- रुपये भी दिये। लक्ष्मी ने भी लड़की को साड़ी भेंट में दी।

सबसे मिलने के बाद दुल्हन ड़ोली में बैठकर चली गई। डोली वाले दूसरे गाँव, उसके ससुराल की ओर चल दिये।

सबकी आँख में आँसू आ गये। ये आँसू गम व खुशी के थे। एक ओर गाँव की बेटी के बिछड़ने का गम, तो दूसरी ओर शादी की खुशी।

चार

शंकर शहर में अकेला रह गया था। वैसे तो उसके पड़ोस के दोस्त, कॉलेज के दोस्त कई थे, जिनके पास वह समय गुजारता। वे अक्सर मधुमक्खियों की तरह चिपके रहते। कुछ दोस्त तो कभी-कभी उसके कमरे में भी रहने लगे। कभी-कभी तो वे कालेज न जाकर कमरे में ही बैठकर खाने-पीने लगते। शुरू में तो शंकर शराब पीने के लिए मना करने लगा, लेकिन अब उसको किसी प्रकार का भी पीने में संकोच नहीं होता, क्योंकि उसका दोस्त या एक तरह से भाई की तरह देखने वाला किशन यहाँ नहीं रहा, जो उसको समय-समय पर टोकता था। अब तो वह निरंकुश हो गया था... न किसी की फिक्र और न किसी का डर। जब भी पैसों की जरूरत होती, गाँव से मँगा लेता। उस पर शहर की हवा का बहुत असर हो गया। कहाँ वह भोला भाला शंकर, जो कभी गाँव में किसी से आँख उठाकर भी बात नहीं करता था, आज शहर के वातावरण में आधुनिक हीरो बन गया।

वह दोस्तों के बहकावे में आकर लड़कियों से छेड़छाड़ करने लगा। कुछ लड़कियाँ तो इनकी बातें सुनकर खामोश चली जातीं, पर कुछ उसी समय फटकार सुनाने लगतीं। जिनके विचार आधुनिक होते और जिनके घर में कभी उनकी हरकतों पर ध्यान नहीं दिया जाता था... जो अपने आप को तनुश्री

दत्ता, राखी सावंत, कैटरीना कैफ आदि हीरोइन समझती थीं, साथ ही लड़कों के साथ खाना-पीना, घूमना-फिरना अपना फैशन समझती थीं, वे ही अक्सर दिखाई देती थीं। शंकर कभी किसी लड़की के साथ पिक्चर देखने जाता तो कभी किसी के साथ बाग में बैठकर गपशप करता रहता। अब उसका समय पढ़ने में कम और कॉलेज में दादागिरी करना, लड़कियों के साथ घूमना, इधर-उधर फिरकर समय गुजारने में बीतने लगा। कुछ दोस्त जो चमचे थे और उसे गाँव का बकरा समझते थे, उसकी हाँ में हाँ मिलाते और हमेशा उसके आगे-पीछे चिपके रहते।

वह शहर की रोशनी को गाँव में लाने के विचार से आया था, लेकिन शहर की रोशनी की चमक उसकी आँखो में ऐसी पड़ी कि वह अँधेरे में भटकने लगा।

जिस मकान में शंकर रहता था, उसका मालिक बहुत सीधे स्वभाव का था, अपने किरायेदारों का हमेशा खयाल रखता। कभी किसी को कोई शिकायत होती तो उसे दूर करने के लिए कोशिश करता। उसके परिवार में पाँच सदस्य थे... वह स्वयं, पत्नी, एक बेटी जिसकी उम्र अठारह वर्ष, व दो लड़के जिनकी उम्र बारह और दस वर्ष थी। लड़की ने मैट्रिक पास किया था और अब सिलाई-कढ़ाई का काम सीख रही थी... शेष समय में घर का कामकाज करती रहती। दोनों लड़के स्कूल में पढ़ाई कर रहे थे। वह स्वयं एक सरकारी दफ्तर में काम करता था। वह शांत स्वभाव का व मिलनसार था।

शंकर ने बड़ी होशियारी से उसके घर में आना-जाना शुरू कर दिया। कभी किसी चीज के माँगने के बहाने चला जाता तो कभी और तरीके से। इस तरह उसने उस घर में अपना स्थान बना लिया। इसी आवाजाही में उसका सम्पर्क मकान-मालिक की लड़की आशा से हुआ। धीरे-धीरे उनका मिलन दोस्ती में बदल गया। वह आशा के लिए छोटे-मोटे उपहार भी लाने लगा। पहले तो आशा लेने से इन्कार करती, मगर उसके जोर देने पर ले लेती थी। यह सब उसके माँ-बाप के न रहने पर होता। धीरे-धीरे शंकर ने आशा को अपने जाल में फँसा लिया। भोली आशा को यह मालूम न हो सका कि शंकर उसे फँसाने की कोशिश कर रहा है।

एक दिन उसने आशा से फिल्म देखने के लिए आग्रह किया।

''नहीं नहीं, पिताजी को पता चलेगा तो बहुत नाराज होंगे।''

"तुम फिक्र क्यों करती हो, किसी को कुछ भी मालूम नहीं होगा... जब तुम सिलाई की क्लास के लिए निकलो तो मुझे इशारा करती जाना, मैं समझ जाऊँगा तथा घर जाते समय कह देना कि आज देर हो जायेगी और क्लास में बहाना बनाकर कि घर में माताजी की तबियत ठीक नही है।"

"ऐसा कहकर आधे दिन से निकल आना, बस।"

"अच्छा, तुमने बहाना तो बता दिया, लेकिन यह नहीं बताया कि किस सिनेमाघर में मिलना है।"

"ओ हो, मैं तो भूल गया, अच्छा हुआ तुमने पूछ लिया। रामकृष्णा थियेटर में आ जाना, मैं टिकट लेकर तुम्हारा इंतजार करूँगा।"

शंकर के प्लान अनुसार प्रोग्राम बन गया। वह कॉलेज भी नहीं गया। आज वह बहुत खुश था। मन ही मन में सोच रहा था कि आज चिड़िया जाल में फंस गयी है, अब बहुत मजा आयेगा। उसके दोस्त ने एक बार उसे कुछ खास बातें बतायी थीं, आज भी उसे याद है। उसने कहा था – अगर किसी लड़की को अपने पास लाना हो तो पहले उसकी तारीफ करो, किसी हिरोइन से उसकी तुलना करो; लालच दिखाओ, पैसों का, सोने का, घुमाने-फिराने इत्यादि का। अगर इन बातों का असर न हो तो डर दिखाओ, यह कहकर कि अगर तुम मेरी बातों को नहीं मानोगी या मेरे साथ घूमने नहीं चलोगी तो तुम्हारे घर वालों को कह दूँगा कि अमुक लड़के के साथ घूम रही थी, पिक्चर देख रही थी वगैरह।

कई लड़कियाँ इन बातों में आ जाती हैं। आज शंकर अपने दोस्त को दुआ देने लगा। भगवान उसका भला करे जो ऐसी शैतानी लेकिन काम की बातें बतायी और आज काम आ रही हैं।

उसने जल्दी-जल्दी भोजन बनाया और खाकर बाहर निकल पड़ा। बड़ी बैचेनी से दो बजने का इंतजार करने लगा। दो बजने के कुछ देर पहले उसने दो टिकट लिये और आशा का इंतजार करने लगा।

आशा भी शंकर के बताये अनुसार क्लास से बहाना बनाकर आ गयी। आशा को आता देखकर शंकर के चेहरे पर मुस्कान आ गई।

"मुझे ड़र लग रहा है, कहीं किसी ने देख लिया तो मुसीबत हो जायेगी।"

''अरे, इसमें डरने की क्या बात है, तुम यह टिकट लेकर अंदर जाकर बैठो, मैं थोड़ी देर के बाद आऊँगा... कोई देखेगा भी नहीं ओर हम आराम से पिक्चर देख सकेंगे।''

''यह ठीक है।'' कहकर आशा ने टिकट लिया और हॉल के अन्दर चली गयी।

जैसे ही हॉल में पिक्चर शुरू होने से पहले लाइट बन्द हुई, शंकर कुछ खाने की चीजें लेकर पास आकर बैठ गया। दोनों ने वे चीजें मिलकर खायीं। शंकर का ध्यान पर्दे की ओर कम और आशा की ओर अधिक था। उसने धीरे-धीरे अँधेरे का फायदा उठाकर प्यार से आशा का चुम्बन ले लिया।

आशा भोली लड़की थी। उसको उम्मीद नहीं थी कि शंकर ऐसा करेगा। उसने कहा- ''ऐसा मत करो, मुझे अच्छा नहीं लगता; क्या इसलिए यहा लाये थे।''

''तुम बुरा मान गई, माफ कर दो; पिक्चर देखकर प्यार करने को दिल चाहा कर दिया, अगर तुमको पसंद नहीं तो आगे से कुछ नहीं करूँगा।'' आशा खामोश रही, लेकिन शंकर का शैतानी दिमाग हँस रहा था। पिक्चर समाप्ति पर दोनों बाहर आ गये।

शंकर चाहता था कि उसे किसी होटल में ले जाये तथा अपनी ओर आकर्षित करे, मगर आशा ने साफ इन्कार कर दिया - ''पहले ही बहुत देर हो चुकी है इसलिए मैं कहीं पर भी नहीं चलूँगी।''

शंकर ने सोचा, ज्यादा दबाव ड़ालना ठीक नहीं हैं, कहीं हाथ आयी भी निकल न जाय।

इसलिए रिक्शा में बिठाकर भेज दिया, यह कहकर कि दोनों का साथ चलना ठीक नहीं है, तुम चलो मैं बाद में आऊँगा।

जब तक आशा का रिक्शा शंकर की आखों से ओझल नहीं हुआ, वह वहीं खड़ा रहा। कुछ देर ठहरने के बाद वह आबिद रोड की ओर चल पड़ा। वहाँ पर ताजमहल होटल में अल्पाहार कर बाहर निकल रहा था कि उसके कुछ दोस्त मिल गये। उनके साथ उसे फिर होटल में जाकर कॉफी पीनी पड़ी। दोस्तों के साथ कुछ देर गपशप कर वह घर की ओर चल पड़ा। अपने कमरे में जाने से पहले वह आशा के घर गया और देखा कि सब ठीक है, किसी प्रकार

की गड़बड़ नहीं हुई हो तो उसे तसल्ली हुई। कुछ देर उनसे बातें कर अपने कमरे में आकर सो गया।

दूसरे दिन शंकर जब तैयार होकर कालेज जाने लगा तो उसका सामना आशा से हो गया। दोनों ने एक-दूसरे को मुस्कराकर देखा, आँखों-आँखों में शंकर ने कुछ कहा और आशा ने भी उसी प्रकार जवाब दिया। वह घर में चली गई। इसी तरह आशा और शंकर बातें करते और खुश होते रहते। शंकर की आखों में वासना थी, लेकिन आशा की आखों में प्यार।

शंकर जब कॉलेज पहुँचा तो पीरियड शुरु हो चुका था। जिनका पीरियड खाली था वे इधर-उधर टहल रहे थे। उनसे शंकर का ज्यादा दोस्ताना नहीं था, फिर भी उनसे हाथ मिलाकर सीधे अपने क्लास में गया। लेक्चरर से अन्दर आने के लिए पूछना जरूरी नहीं समझा और सीधे पीछे की सीट पर जाकर बैठ गया। आजकल का वातावरण इतना बिगड़ चुका है कि विद्यार्थी, अध्यापकों को वह इज्जत नहीं देते हैं। सभी विद्यार्थी एक जैसे नहीं होते हैं, लेकिन अधिकतर होते हैं।

समय कितना बदल गया है... आजकल विद्यार्थी लेक्चरर से आज्ञा लेना ठीक नहीं समझते और बिना पूछे क्लास में आते-जाते हैं। न बच्चों में पढ़ने की रुचि रही और न ही पढ़ाने वालों के प्रति श्रद्धा। फिर भी जो लड़के पढ़ाई में दिलचस्पी रखते हैं और अपना लक्ष्य पूरा करना चाहते हैं, उनको बराबर शिक्षा मिलती है। कुछ लड़के कॉलेज के वातावरण को खराब करने की कोशिश करते हैं। अध्यापक तो चाहते हैं कि लड़के पढ़कर कुछ बन जायँ और अपने माँ-बाप का नाम रोशन करें, देश की उन्नति में सहायक हों... मगर आवारा लड़के, जो कॉलेज में मौज-मस्ती के लिए आते हैं, उनकी बातें कहाँ सुनते हैं। वे तो वहीं काम करते हैं जो उनका दिल कहता है।

थोड़ी देर में पहला पीरियड समाप्त हुआ। दूसरे पीरियड के शुरू होने में कुछ मिनट थे। जब तक दूसरा लेक्चरर आता, लड़के आपस में बातें करने लगे। क्लास में शोर होने लगा।

लेक्चरर के क्लास में आते ही शांति हो गयी। उसने हिन्दी साहित्य का इतिहास के भक्तिकाल के बारे में समझाना शुरु किया। थोड़ी देर के बाद लेक्चर रोककर कहने लगे, ''बच्चों, ये तुम्हारा अंतिम वर्ष है, मन लगाकर पढ़ो। अब कल से दीपावली की छुट्टियाँ शुरु होने वाली हैं; छुट्टियां बेकार न

गवाँकर अगर पढ़ाई की ओर ध्यान दोगे तो निश्चय ही सब उत्तीर्ण हो जाओगे। सब लड़कों ने खुशी से तालियाँ बजाई। इतने में पीरियड के समाप्त होने की घंटी बजी।

सब लड़के-लड़कियाँ कालेज छूटने के बाद झुंड के झुंड बाहर आने लगे। सब खुश थे। उनके होंठों पर अजीब मुस्कान थी। आपस में तरह-तरह की बातें करने लगे कि किस तरह छुट्टियाँ गुजारेंगे। कोई घूमने का प्रोग्राम बनाने लगा तो कोई अपने घर दीपावली मनाने के लिए सोचने लगा तो कोई वहीं रहकर दिन गुजारने की सोचने लगा।

शंकर भी अपने साथियों के साथ बातें करते हुए निकला। एक ने कहा - ''अब छुट्टियों में क्या प्रोग्राम है?'' दूसरे ने बोला - ''क्या प्रोग्राम, खूब खायेंगे-पियेंगे इधर-उधर पिकनिक मनाकर दिन गुजार लेंगे।'' तीसरा बोला - अबकी बार हम औरंगाबाद में अजन्ता एलोरा की ऐतिहासिक गुफायें देखने जायेंगे।''

सबने इसका समर्थन किया, लेकिन शंकर ने कहा - ''नहीं दोस्तों, इस अवसर पर तुम्हारा साथ नहीं दे सकता, क्योंकि कल ही अपने गाँव से किशन ने पत्र लिखा है कि उसकी शादी दीपावली में है, इसलिए मुझे जरूर जाना पड़ेगा।''

एक ने कहा - ''अगर तुम न होगे तो पिकनिक में क्या मजा आयेगा।''

दूसरे ने कहा - ''खैर, तुम जाना चाहते हो तो कोई बात नहीं, मगर जाने से पहले शानदार पार्टी होनी चाहिए।'' सब ने हाँ में हाँ मिलायी।

''ठीक है, आज शाम को शानदार पार्टी मनायेंगे।''

शाम को शंकर के कमरे पर सभी जमा हो गये और वहाँ से एक शानदार होटल में गये। खाने के लिए चिकन, अण्डे और पीने के लिए बीयर तथा रम मँगाई। खाते-पीते हुए कैबरे डांस का भी लुत्फ उठाते रहे। कभी डांसर को इशारा करते तो कभी आपस में मजाक करते रहते। इस तरह उन्होंने शाम को एक खूबसूरत तरीके से मनाया। देर रात को होटल से बाहर निकलकर अपने अपने घरों की ओर चल पड़े।

पाँच

किशन ने सबसे पहले गाँव वालों को बुलाकर एक चौपाल पर इकट्ठा किया। एक तो वह जमींदार का बेटा था, दूसरे वह सबके साथ आदर-प्रेम से व्यवहार करता था, इसलिए सब बिना किसी कारण के चौपाल पर जमा हो गये। जब सब इकट्ठा हो गये तो आपस में बातें करने लगे - क्या बात है जो आज छोटे जमींदार (किशन) ने हम सबको एक जगह बुलाया है।

कोई कहने लगा - जरुर कोई बात होगी... कहीं ऐसा तो नहीं, फिर से हमसे पुराना कर्ज वापस करने के लिए बुलाया गया हो... शहर से आने के बाद कहीं उसके गाँव वालों के प्रति विचार बदल गये हों।

दूसरे ने कहा - ''नहीं नहीं, जब वह शहर से आया था तो सबसे हँस-हँसकर बातें कर रहा था और कह रहा था कि अब आप सबके साथ मिलकर काम करूँगा।''

अभी इन सबकी बातें हो रही थीं कि जमींदार और उनका लड़का किशन आ गये। जब वे आये तो सब खामोश हो गये और उनकी ओर देखने लगे तथा आँखों-आँखों में इशारे करने लगे कि देखे अब क्या होता हैं।

जमींदार साहब खड़े होकर कहने लगे - ''भाइयों! आप सबको यहाँ

इकट्ठा करने का विचार मेरे बेटे का है। आप तो जानते हो वह कुछ दिन पहले अपनी पढ़ाई पूरी कर यहाँ आया है और उसका इरादा है कि आप सबके साथ मिलकर काम करे तथा इस गाँव को आदर्श गाँव बनाये, जिससे यहाँ के सब लोग खुशी और शांति से रह सकें, कोई किसी पर जुल्म न करे। यह भी इसी के विचारों का प्रभाव है कि आज मेरे विचार भी बदल गये हैं और आज आप सबकी सेवा कर रहा हूँ। मैंने यह महसूस किया है जो आनंद सेवा में है, वह जुल्म में नहीं है... आज मैं चिन्तामुक्त आराम से रहता हूँ और बड़े आराम से सोता हूँ। अब किशन मेरा बेटा अपने विचार कहेगा... अगर आप सबको ठीक लगे तो आगे कदम बढ़ाना।''

लोगों में फिर बातचीत शुरू हो गयी- कहने लगे - देखें अब उसके क्या विचार हैं। वैसे गाँवों में सब सीधे-सीधे नहीं होते, कुछ अच्छे कामों में अड़चने डालने की कोशिश करते हैं। वे नहीं चाहते कि लोग होशियार हो जायँ और उनकी दादागिरी कम हो जाय।

किशन ने कहा - ''मेरा विचार है सबसे पहले इस गाँव में एक बैंक खोलने के लिए प्रयास किया जाय; इसके लिए हम सरकार को एक पत्र लिखकर निवेदन करेंगे कि गरीब किसानों की मदद के लिए तथा नये-नये तकनीकी औजारों के लिए बैंक की मदद जरूरी है। आज जनसंख्या भी पहले से कहीं ज्यादा हो गई है; मुझे उम्मीद है सरकार हमारी सहायता जरूर करेगी। मैं चाहता हूँ यहाँ पर शिक्षा-विभाग की आज्ञा से एक कॉलेज खोला जाय, जिससे यहाँ के लड़कों को उच्च-शिक्षा के लिए शहर न जाना पड़े, यहीं पर रहकर अपनी पढ़ाई कर सकें। लड़कियों के लिए जो प्राइमरी स्कूल है, उसे हाईस्कूल तक किया जाय अब जमाना बदल गया है, स्त्रियों को भी समान शिक्षा मिलनी चाहिए; उनका शिक्षित होना उतना ही आवश्यक हो गया है जितना पुरुषों का। आज के युग में वे हर क्षेत्र में पुरुषों के समान कार्य कर रही हैं, वे पुरुषों से किसी भी क्षेत्र में पीछे नहीं हैं।''

यहाँ पर एक सहकारी समिति बनाई जाय, जिससे सबको आवश्यक चीजें उचित दामों पर मिल सकें। खेती-बाड़ी के बीज, रासायनिक खाद वगैरह के लिए किसानों को शहर न जाना पड़े, यहीं पर सब उपलब्ध हो। ट्रैक्टरों का प्रबंध किया जाय, जिससे अधिक अन्न उत्पन्न हो तथा जो अन्न पैदा हो, वह सहकारी-समिति के द्वारा शहर में बेचने के लिए भेजा जाय, जिससे सबको लाभ होगा। सब लोग मिलकर सुख शांति से रह सकेंगे... अगर आप को मेरी

राय पसंद हो तो अपने विचार बतायें।''

लोग आपस में बातें करने लगे।

कुछ कहने लगे - ''विचार तो अच्छे ही हैं, गाँव का भला होगा। अब तक हमने कष्ट सहे हैं, वे सब धीरे-धीरे समाप्त हो जायेंगे। अगर किशन की तरह और भी दो-चार लड़के तैयार हो जायँ तो गाँव का कल्याण हो जाय।''

कुछ कहने लगे - ''इसमें भी कुछ चाल होगी, इसी बहाने हमसे पैसे लेना चाहते हैं, बाप-बेटे ने मिलकर एक नया तरीका निकाला है, हमारी तो समझ में कुछ नहीं आ रहा है।''

एक ने उठकर कहा - ''ये सब तो ठीक है, मगर लड़कियों की अधिक पढ़ाई ठीक नहीं है... अगर ये पढ़-लिख लेंगी तो घर का काम कौन करेगा? हमनें तो सुना है कि अगर लड़कियों को अधिक पढ़ाया जाय तो अपने काबू से बाहर हो जाती हैं; शादी के बाद घरों में मनमुटाव अधिक हो जाता है।''

''देखो भाई, लड़कियों की पढ़ाई का ये मतलब बिल्कुल नहीं होता कि वे मान-मर्यादा भूल जायँ या घर का काम-काज छोड़ दें। पढ़ाई का अर्थ है ज्ञान बढ़ाना। जो कुछ भी काम उनका है या जो वे करती हैं, उसे आसानी से समझ सकें और पहले की अपेक्षा समझदारी से अधिक ठीक ढंग से कर सकें। वे परिवार में अपने अनपढ़ माँ-बाप के हिसाब किताब में मदद कर सकती हैं, परिवार को अच्छी तरह व्यवस्थित कर सकती हैं, साथ ही अपने परिवार के बच्चों को पढ़ाई में सहायता कर सकती हैं।''

एक ने खड़े होकर कहा - ''यह तो ठीक है, मगर ये जो सहकारी-समिति बनेगी, उसके मालिक आप ही होंगे; हमारा क्या फायदा होगा?''

''सहकारी-समिति के मैं या मेरे पिताजी मालिक नहीं होंगे। आप सबके सहयोग से यह समिति खोली जायेगी और इसके सभी मालिक होंगे। इसमें गाँव वालों का बराबर का हक होगा और जो भी लाभ होगा, वह सबको मिलेगा। शायद आप लोगों को मालूम नहीं है, आजकल सरकार भी गाँव के किसानों की भलाई के लिए अनेक प्रकार से मदद कर रही है... छोटे किसानों को सस्ते दामों पर बीज आदि दे रही है; सहकारी समितियाँ बनायी जा रही हैं, जो किसानों की भलाई का ध्यान रखकर सरकार के सामने सहायता की माँग करती हैं... इस विचार से मैंने यह राय रखी है, आप सबकी जैसी इच्छा।''

''जैसी तुम्हारी मर्जी बेटा'' - कई सदस्यों ने कहा। ''हम अनपढ़ इन बातों को जल्दी नहीं समझ सकते।''

इसी तरह सभी प्रस्तावों पर वाद-विवाद के बाद सभा समाप्त हो गई। सभी किशन बाबू पर विश्वास करने लगे। कहने लगे - देखेंगे अब क्या होगा। उनमें से एक ने कहा - ''कुछ दिनों के बाद मालूम हो जावेगा कि शहर से क्या क्या सीखकर आया है।'' इस प्रकार की बातें करते-करते सभी अपने-अपने घरों की ओर चल पड़े।

* * *

दूसरे ही दिन किशन ने प्रार्थना-पत्र लिखने शुरू कर दिये। उन पर गाँव के लोगों के हस्ताक्षर या अगूँठा लगवाकर, एक पत्र शिक्षामंत्री को कॉलेज खोलने के लिए व दूसरा मुख्यमंत्री को बैंक खोलने के लिए तथा अन्य पत्र संबंधित अधिकारियों के पास भेजे। इन सब पत्रों की एक-एक प्रतिलिपि उसने प्रधानमंत्री को दिल्ली में भेजी, ताकि कार्य की शुरूआत जल्दी हो सके।

उसने गाँव के लोगों को बताया कि बरसात के दिनों में सबको गाँव के रास्तों पर चलने में बहुत कष्ट होता है, इसलिए हर आदमी रोज आधा घंटा गाँव की भलाई के लिए काम करेगा... सब मिलकर कच्ची सड़क को पक्की बनायेंगे, पत्थर तथा मिट्टी से इन गाँव के सड़कों को पक्का बनायेंगे।

* * *

एक दिन जर्मींदार अकेले कुछ सोच रहे थे कि उनकी पत्नी लक्ष्मी आ गई।

''अब अपना बेटा किशन बड़ा हो गया है, पढ़-लिखकर होशियार भी हो गया है; गाँव की भलाई के लिए रात-दिन काम कर रहा है।- लक्ष्मी ने कहा।

''हाँ, मैं जानता हूँ।''

''मैं तो सोचती हूँ क्यों न अब उसकी शादी कर दी जाय।''

''विचार तो अच्छा है; कोई लड़की देखी हैं क्या?

''लड़की तो आपकी और मेरी देखी हुई है और मुझे मालूम है अपना बेटा भी उसे पसंद करता है।''

''कौन है वह लड़की?''

'लता।' झट से लक्ष्मी ने कहा।

'लता...' जमींदार ने उसको दोहराया। ''जब किशन और तुमको पसंद है तो मुझसे पूछने का सवाल ही नहीं होता।''

''ऐसा प्रतीत होता है आपको यह रिश्ता पसंद नहीं।''

''नहीं –नहीं ऐसी कोई बात नहीं है; मैं बहुत खुश हूँ।'' उनकी आँखें भर आईं।

लक्ष्मी ने जब पति की आँखों में आँसू देखे तो पूछे बिना न रह सकी और बोली – ''क्या बात है, आपकी आँखो में आँसू।

''अरे तुम तो घबरा गईं... ये तो खुशी के आँसू हैं।'' और अपने आँसू पोंछने लगे।

''ठीक है, मैं लता की माँ से बात करती हूँ और उसके हाँ कहने पर शादी की तैयारी करूँगी।''

''जैसा तुम उचित समझो।''

* * *

लक्ष्मी तैयार होकर लता की माँ के छोटे से मकान में गयी। वहाँ पहुँचते ही लता से सामना हो गया। लता ने जब किशन की माँ को देखा तो जल्दी से दूसरे कमरे में अपनी माँ को बताने चली गयी, जो उस समय खाना बना रही थीं। उसने जब सुना कि जमींदार की पत्नी आयी है तो उसे आश्चर्य हुआ। वह जल्दी से उठी और बेटी से बोली – ''खाने का खयाल रखना, मैं उनसे मिलकर आती हूँ।''

''नमस्ते बहन जी!'' लता की माँ ने कमरे में आते ही कहा।

''नमस्ते बहन जी।''

''आप खड़ी क्यों हैं, बैठिए न।'' उसने एक चारपाई की ओर इशारा करते हुए कहा।

लक्ष्मी ने चारपाई पर बैठकर कमरे का निरीक्षण किया। कमरे में एक

तार पर कपड़े टँगे थे। घर में जो भी सामान था, वह अच्छी तरह से सजाया गया था। उसने अन्दाजा लगाया, दूसरा कमरा जरूर रसोईघर होगा, क्योंकि वहाँ से कुछ धुआँ आ रहा था।

मौन तोड़ते हुए लता की माँ ने कहा - ''बहन जी आपने क्यों यहाँ आने का कष्ट किया; मुझे बुला लिया होता, मैं चली आती।''

''तुमसे कुछ काम है, इसलिए चली आयी... वैसे भी तुमसे मिले भी बहुत दिन हो गये हैं। आज किशन के पिताजी और मैंने फैसला किया है कि किशन की शादी कर दी जाय।''

''बड़ी खुशी की बात है; अगर हमारे लायक कोई सेवा हो तो बताइये... वैसे वह कौन खुशनसीब लड़की है, जिसे आपने बहू के लिए चुना है।

''लड़की इसी गाँव की है।''

''इसी गाँव की!'' लता की माँ ने आश्चर्य से पूछा।

''हाँ हाँ, इसी गाँव की; मगर गरीब है।

''आप ये बताइये वह कौन है, उसका क्या नाम है?''

''उसका नाम... उसका नाम... (दोहराते हुए) उसका नाम लता है और वह तुम्हारी बेटी है।''

''मेरी बेटी लता! क्यों आप मजाक कर रही हैं।''

''कहाँ राजा भोज कहाँ गंगू तेली। आपमें और हममें जमीन-आसमान का फर्क है... मैं विधवा, बेसहारा आपके सामने कहाँ ठहर सकती हूँ।''

''मैं मजाक नहीं कर रही हूँ, सच कह रही हूँ। मुझे मालूम हुआ है कि मेरे बेटे किशन को भी लता पसंद है; आपकी तो हमेशा तारीफ करता रहता है। वह अक्सर कहा करता है कि कितने सीधे-सादे और शरीफ लोग हैं, कभी किसी के लिए बुरा नहीं सोचते... जब गाँव में किसी को भी कोई काम होता है, तो वह लता की माँ के पास किसी भी समय चला जाय तो वह दिन हो या रात, सबकी मदद के लिए चली जाती हैं।''

''मैं तो एक साधारण गरीब औरत हूँ, किसी की क्या मदद कर सकती हूँ; ये सब तो भगवान भोलेनाथ की कृपा है।''

''ठीक है... मेरी बात का जवाब नहीं दिया।''

''आपने तो मुझे मुश्किल में डाल दिया है, मेरे पास तो देने के लिए कुछ भी नहीं है; समझ में नहीं आ रहा क्या कहूँ।''

''किसी बात की चिन्ता मत करो, सब काम भगवान भोलेनाथ पूरा कर देंगे। हमें लड़की पसंद है, सिर्फ तुम्हारे हाँ करने की देर है, सब इन्तजाम हो जायेगा।''

''जब आपको लड़की पसंद है और हम गरीबों पर आपकी कृपा हो रही है तो मैं किस तरह इंकार कर सकती हूँ।''

''ठीक है, अच्छा सा मुहूरत निकलवाकर शादी की तैयारी करते हैं।''

''आप जैसा ठीक समझें।''

लक्ष्मी ने नमस्ते की और अपने घर की ओर चल पड़ी।

लता की माँ की आँखों में आँसू आ गये। ये आँसू खुशी और गम का मिश्रण थे। एक ओर लड़की की शादी की खुशी और दूसरी ओर उसकी जुदाई का गम। उसने सपने में भी नहीं सोचा था कि घर बैठे, बेटी के लिए इतना बढ़िया रिश्ता आयेगा। वह भगवान की तस्वीर की ओर देखने लगी।

लता, जो दूसरे कमरे में माँ और किशन की माँ की बातें ध्यान से सुन रही थी, जल्दी से उठी और बाहर की ओर भाग चली।

माँ ने पूछा कहाँ जा रही हो।

''अभी आती हूँ।'' कहकर वह खुशी से दौड़ते-दौड़ते कमला के घर सीधे उसके कमरे में चली गई।

कमला स्नान कर बालों को झटक रही थी। लता दौड़ती हुई उसका हाथ पकड़कर नाचने लगी। कमला, जो अपने काम में व्यस्त थी, लता के इस प्रकार आकर हाथ पकड़कर फिर नाचना, उसकी समझ में नहीं आ रहा था।

कमला ने हाथ छुड़ाया और कहा - ''क्या बात हैं, सुबह-सुबह दौड़ती चली आयी और बहुत खुश नजर आ रही हो।''

''बात ही कुछ ऐसी है।''

''कुछ कहेगी भी या पहेलियों में बात करती रहेगी।''।

''कहती हूँ... आज सुबह किशन की माताजी हमारे घर आई थीं।''

''तो इसमें क्या बड़ी बात हो गई?''

''तू सुनेगी भी या बीच में ही टपक पड़ेगी... जा, मैं कुछ नहीं बोलूँगी।

''अच्छा अच्छा मेरी प्यारी सहेली; अब कुछ नहीं बोलूँगी; शुरू कर अपनी राम-कहानी।''

''जानती हो उन्होंने आकर क्या कहा?''

''मुझे क्या पता।''

''उन्होंने कहा कि वह अपने बेटे की शादी करना चाहती हैं... लड़की भी पसंद करती है और जल्दी ही शादी करना चाहती है।''

''तो अब समझ में आया तुम्हारी खुशी का मतलब और वह लड़की तुम ही हो क्यों ठीक हैं न?''

''बहुत समझदार हो गई हो, बात जल्दी समझ जाती हो।''

''बस तुम्हारी दोस्ती का असर है। अब जल्दी से मिठाई खिलाओ, नहीं तो मैं किशन भैया से जाकर सब बता दूँगी, तुम्हारी भी मिठाई उसी से ले लूँगी।

किशन, जो उस समय किसी काम से कमला के घर आया था और उससे मिलने के लिए कमरे में आ गया। आते ही उसने अपना नाम सुन लिया और कहने लगा - ''क्या बात है, आज मेरा नाम लिया जा रहा है... और किस बात के लिए मुझसे मिठाई खाने का इरादा है?''

जैसे ही लता ने किशन को देखा, वह भाग खड़ी हुई।

''अरे-अरे मुझे देखते ही क्यों भाग गई... थोड़ी देर तो बैठती।'' मगर लता कहाँ सुनने वाली थी, वह तो कमरे से निकल चुकी थी।

किशन, कमला को आश्चर्य से देखने लगा। उसकी समझ में कुछ भी नहीं आ रहा था।

''इस तरह क्या देख रहे हो, कभी देखा नहीं है क्या?''

"तुमको तो बचपन से देख रहा हूँ; मगर ये बात समझ में नहीं आई कि मुझे देखते ही लता क्यों चली गई और कुछ देर पहले मेरा नाम मिठाई के साथ क्यों लिया जा रहा था?"

"अरे मैं तो भूल गयी... हकीकत यह है कि..."

"आखिर क्या बात है, तुम खामोश हो गयी।"

"बता दूँत्र"

हाँ- हाँ बता दो, ऐसी क्या बात है?"

"लता की शादी हो रही है।"

यह बात सुनकर किशन को कुछ आश्चर्य हुआ। कुछ देर सोचने के बाद कहा - "कब बात तय हुई है और वह कौन खुशनसीब है, जिसकी शादी लता जैसी खूबसुरत, होशियार तथा अकलमंद लड़की से हो रही है?" यह कहते हुए उसके चेहरे की मुस्कराहट कुछ कम हो गई।

"बात आज ही तय हुई है और लड़का भी इसी गाँव का है... मगर थोड़ा पागल है।" - कमला ने हँसते हुए कहा।

"लड़का इसी गाँव का है और थोड़ा पागल भी है... लता ने कैसे उसे पसंद कर लिया? उसकी माँ ने ये रिश्ता कैसे मान लिया? अपनी समझ में कुछ नहीं आता। अच्छा, लड़के का नाम तो बताओ और किसका बेटा है?"

"जरा दिल थामकर सुनो, लड़के का पिता इस गाँव का जर्मींदार है और लड़के का नाम किशन है।"

"क्या! मेरा रिश्ता उसके साथ हुआ है? क्यों मजाक कर रही हो... अभी अभी तो तुमने कहा था कि लड़का पागल है।"

"तो क्या तुम उसके प्यार में पागल नहीं हो?"

"धत् तेरे की! मगर ये रिश्ता कब हुआ, किसने तय किया, मुझे तो कुछ भी मालूम नहीं है।"

"क्यों झूठ बोल रहे हो, तुमको तो सब मालूम होगा।"

"भोलेनाथ की कसम, मुझे कुछ भी पता नहीं है।"

‘‘सच बोले रहे हो?’’

‘‘बिल्कुल सच बोल रहा हूँ।’’

कमला ने पूरी बात बता दी, जैसी लता ने उसको बताई थी। ‘‘चलो अब तो मिठाई खिलाओ।’’

‘‘तुम थोड़ी मिठाई की बात कर रही हो; मैं तो मिठाई की दुकान में बिठा दूँगा, जितना दिल चाहे खा लेना।’’

दोनों मिलकर हँसने लगे।

किशन जब अपने घर पहुँचा तो देखा कि माँ और पिताजी बातें कर रहे हैं। वह तो जान गया था कि क्या बातें हो रही हैं, इसलिए अन्जान बनकर अपने कमरे की ओर जाने लगा। वह नहीं चाहता था कि उसके द्वारा कोई बात हो। मगर पिता ने उसको अपने कमरे की ओर जाते हुए देख लिया तो आवाज दी ‘‘किशन बेटे!’’

‘‘जी पिताजी।’’ वह जाते-जाते रुक गया और पिताजी के पास आ गया।

‘‘बैठो बेटा, तुमसे एक जरूरी बात करनी है।’’

‘‘कहिए पिताजी क्या बात है?’’ वह जानता तो था, मगर चुपचाप बैठा रहा।

‘‘आज मैंने और तेरी माँ ने एक जरूरी बात का फैसला किया है... वह यह कि तुम्हारी शादी कर दी जाय।’’

‘‘मेरी शादी?’’ आश्चर्य से किशन ने कहा, ‘‘अभी जल्दी क्या है पिताजी?’’

‘‘नहीं बेटा, तुम्हें नहीं, पर हमें जल्दी है। तुम अब बड़े हो गये हो, सब काम अच्छी तरह से करते हो, पढ़ाई भी पूरी कर ली है, इसलिए हम चाहते हैं कि अब जल्दी से तुम्हारी शादी कर दी जाय।’’

‘‘ठीक है पिताजी, जब आपकी यही इच्छा है तो मुझे भी इन्कार नहीं है।’’ एक आज्ञाकारी पुत्र की तरह कहा।

‘‘मगर तुमने यह तो नहीं पूछा कि लड़की कौन है।’’ कितनी पढ़ी-लिखी है, दिखने में कैसी है, उसके माँ-बाप क्या करते हैं।’’ माँ ने कहा।

''माँ इसमें पूछने की क्या आवश्यकता है... जब आप दोनों ने लड़की पसंद की है तो वह अवश्य ही अच्छी होगी।

''हमने लता को पसंद किया है। बहुत ही सुशील लड़की है; शरीफ लोग हैं... गरीब अवश्य हैं पर अच्छे हैं।''

''ठीक हैं माँ, मुझे इसमें कोई एतराज नहीं है।'' यह कहता हुआ अपने कमरे की ओर चला गया।

''क्यों जी, मैं न कहती थी कि हमारा बेटा हमारी बात कभी नहीं टालेगा।'' - लक्ष्मी ने कहा।

''आखिर बेटा किसका है।'' कहकर जर्मींदार साहब अपनी मूछों पर ताव देने लगे।

* * *

शाम के समय किशन घूमते-घूमते जब नदी के किनारे पहुँचा तो देखा कि लता अकेली पानी भर रही है। चुपके-चुपके उसके नजदीक चला गया। लता जैसे ही पानी भरकर पीछे की ओर मुड़ी, तो देखा सामने किशन खड़ा है।

''कैसी हो लता।'' - किशन एकदम पूछ बैठा। ''सुबह का पानी खतम हो गया जो शाम को पानी भरने आयी हो?''

लता, जो किशन को देखे जा रही थी, शरमा गयी। उसकी समझ में कुछ नहीं आ रहा था कि क्या कहे।

''क्या देख रही हो?''

''कुछ नहीं'' - लता कह बैठी।

''तो फिर मैंने पूछा कैसी हो, तो तुमने कोई जवाब नहीं दिया।''

''अच्छी हूँ।'' दाँतों में उँगली दबाते हुए लता ने धीरे से कहा।

''बस सिर्फ अच्छी हूँ...'' मैंने कहा शादी मुबारक हो। अब जल्दी से शहनाई बजाने वालों को बुलाओ और मिठाई खिलाओ।'' किशन ने छेड़ने के अंदाज में कहा।

''धत् हम आपसे नहीं बोलेंगे, आप बड़े वो हो।''

''मैने ऐसा तो कुछ नहीं कहा और न ही कुछ किया है, जो मुझे वो कहने लगी। अच्छा, चलता हूँ, शादी पर बुलाना न भूलना।''

''आपको शादी में बुलाकर हमें गाँव में हँसी नहीं करवानी है।'' लता ने भी शरारत से कहा।

''हमारे आने से तुम्हारी हँसी होगी?''

''फिर क्या।''

''फिर तो हम जरूर आयेंगे।''

''जबरदस्ती है; मान न मान मैं तेरा मेहमान।''

''ऐसी बात है तो हम दूल्हा बनकर आयेंगे।''

'धत्!' कहकर आगे बढ़ने लगी।

''लता!'' किशन ने कुछ गंभीर होकर कहा –

''ये तो बताओ, तुम शादी से खुश तो हो?''

लता ने चलते-चलते कहा – ''यह आप अपने दिल से पूछो।''

किशन और भी कुछ कहना चाहता था, मगर लता दूर तक चली गई और उसकी आवाज उसका पीछा न कर सकी।

* * *

शंकर जब अपने गाँव पहुँचा तो उसको यह देखकर ताज्जुब हुआ कि जहाँ ऊबड़-खाबड़ कच्ची सड़क थी, वह अब तारकोल की बन गई है... अब उसको ताँगे में अधिक उचकना नहीं पड़ा। थोड़ी दूर जाने पर स्टेट बैंक आफ हैदराबाद की शाखा देखी। यह देखकर उसे बहुत ही खुशी हुई कि गाँव उन्नति कर रहा है।

उसने ताँगे वाले से कहा – ''क्यों भैया, गाँव बहुत बदल गया है; ऐसा महसूस होता है कि सरकार ने हमारे गाँव को आगे बढ़ाने के लिए दिलचस्पी ली है।''

''यह हम तो नहीं जानते हैं बाबूजी कि सरकार ने क्या किया है; मगर इतना जानते हैं कि जब से छोटे जर्मींदार साहब शहर से आये हैं, तब से काफी

बदलाव आ गया है।''

''कौन? वही किशन जो पाँच-छह महिने पहले शहर से अपनी पढ़ाई कर आया है?''

''हाँ-हाँ वहीं बाबूजी... वे मेरे ही ताँगे में बैठकर घर गये थे। बड़े अच्छे आदमी हैं, घमण्ड तो बिल्कुल नहीं है। इतना पढ़-लिखकर भी गाँव वालों के साथ मिलकर काम करते हैं। ये जो सड़क देख रहे हो, उन्हीं के सहयोग से बनाई गई है; बहुत मेहनती हैं।''

बस-बस वह और अधिक तारीफ सुनना नहीं चाहता था। अपने मन में सोचने लगा - क्या फालतू आदमी है.. शहर की इतनी अच्छी जिन्दगी छोड़कर गाँव में अनपढ़ और गँवारों के साथ अपनी जिन्दगी बर्बाद कर रहा है। न यहां पर अच्छे सिनेमा हॉल और न ही क्लब हैं, जहाँ पर शाम का समय मस्ती में गुजारा जाय। यहाँ पर तो बोरियत है। वह यही सोच रहा था कि एकदम झटके से ताँगा रुक गया जिससे उसका ध्यान टूट गया और उसने वैसे ही अपनी मस्ती में ताँगे वाले से पूछा - क्या हुआ ? तांगा क्यों रुक गया।

''घर आ गया है बाबूजी।''

घर आ गया। उसने आश्चर्य से देखा। सचमुच उसका घर सामने था। अपने ध्यान में उसको ख्याल ही नहीं रहा। वह जल्दी से उतरा और ताँगे वाले से ''यह सामान अन्दर ले आओ।'' कहकर अन्दर की ओर चला गया।

जैसे ही शंकर ताँगे से उतर रहा था तो उसे नौकर ने देख लिया था। वह दौड़ता हुआ भीतर गया और कमला के कमरे में जाकर हाँफने लगा।

कमला ने जब देखा नौकर हाँफ रहा है तो पूछ लिया - ''क्या बात है, कहाँ से दौड़ते हुए आ रहे हो?''

''अभी बताता हूँ, मगर उससे पहले मेरा मुँह मीठा कीजिये।''

''किस खुशी में?''

''बहुत बड़ी खुशी है।''

''ऐसी क्या बात हो गई है?''

''शंकर बाबू आये हैं।''

''क्या कहा, शंकर आया है?'' उसने कुछ आश्चर्य से पूछा।

इतने में शंकर घर के भीतर सामान रखकर सीधे कमला के कमरे में आ गया – ''हाँ हाँ शंकर आ गया है।'' कमला ने जब दूसरी आवाज सुनी तो मुड़कर देखा तो देखती ही रह गयी और सोचने लगी कहीं ये सपना तो नहीं है। इतने में शंकर उसके नजदीक आ गया। नौकर ने जब शंकर को कमरे में देखा तो वह बाहर चला गया।

''क्या सोच रही हो?''

''सोच रही हूँ कि तुम अचानक कैसे आ गये।''

''मैंने सोचा अचानक जाने में जो मजा है वह बताकर आने में नहीं है।''

''अच्छा, बहुत होशियार हो गये हो।''

''यह सब तुम्हारी मोहब्बत का असर है।''

''हूँ, तो सरकार को हमारी मोहब्बत खींच लायी है?''

'बिल्कुल'

''तुम झूठ बोलते हो; मेरी मोहब्बत की याद आती तो इतने दिनों बाद नहीं आते और कम-से-कम पत्र तो लिखते। शुरू में तो दो-चार पत्र लिखे थे, उसके बाद सब बन्द।

''क्या कहूँ, समय ही नहीं मिलता... दिन-रात पढ़ता रहता हूँ इसलिए पत्र नहीं लिख सका। इतनी छोटीसी बात की वजह से हमारी रानी नाराज हो गई हैं।''

''मुझे सब मालूम है, किशन भैया ने सब बता दिया है।'' शंकर ने जब किशन का नाम सुना तो कुछ परेशान हो गया, मगर बड़ी होशियारी से चेहरे के भावों को छुपा लिया और कहा – ''ऐसा क्या कहा?'' कहकर मुस्करा दिया।

''अच्छा ये तो बताओ, अचानक कैसे आ गये?''

''मैं क्या करता... किशन का पत्र आया था कि उसकी शादी हो रही है और सोचा इसी बहाने अपनी रानी के भी दर्शन कर लूँ।''

''तो ये बात है। खैर, सफर से थककर आये हो, स्नान वगैरह कर लो,

तब तक तुम्हारे लिए गरम-गरम भोजन का इंतजाम करती हूँ। भोजन खाने के बाद कुछ देर आराम कर लेना।''

''जो हुकुम सरकार, जैसा कहोगी वैसा ही करूँगा।'' कमला हँसते हुए रसोईघर में चली गई।

किशन भी स्नान के लिए चल पड़ा।

* * *

कोठी को सितारों की तरह सजाया गया। ऐसा महसूस हो रहा था कि किसी राजा-महाराजा का महल हो। गाँववालों ने अब तक इस तरह की सजावट कभी नहीं देखी थी, इसलिए देखने के लिए नजदीक के छोटे-छोटे गाँव के भी लोग आ रहे थे। जमींदार का एक ही तो बेटा था इसलिए दिल खोलकर हर चीज का इंतजाम किया गया था।

जमींदार ने गाँव के अमीर-गरीब सभी को आमंत्रित किया था। सबका स्वागत बहुत अच्छी तरह किया गया। लोग इधर-उधर आ-जा रहे थे और जमींदार साहब के प्रबंध व सजावट की तारीफ किये जा रहे थे।

उधर लता को सजाया जा रहा था। कमला तो खासतौर पर अपने हाथों से लता को सजा रही थी।

कमला – ''एक बात दिल में आ रही है, अगर तू कहे तो बोलूँ।''

''हाँ हाँ बोल, इसमें पूछने की क्या जरूरत है।''

''बोल दूँ?''

''हाँ हाँ बोल।''

''तुम तो पूनम का चाँद दिखायी दे रही हो; देखा जाये तो तुम्हे सजावट की जरूरत ही नहीं हैं। ऐसी सज-धज के जब तू मण्डप में जायेगी तो न जाने कितने ही लोगों के दिलों से हाय निकल पड़ेगी और न जाने कितने ऐसी स्वर्ग की अप्सरा को देखकर बेहोश हो जायेंगे।''

''धत्! बहुत बोलने लगी है।''

''नहीं नहीं, मैं सच कह रही हूँ और पछता रही हूँ।''

''किस बात के लिए?''

''काश! मैं लड़का होता तो आज मेरी किस्मत खुल गयी होती... तुझे देखकर मेरा दिल डाँवाडोल हो रहा है।''

''अरे क्यों घबराती है, अब तेरा ही नम्बर है; ये सब डाँवाडोल बंद हो जायेगा; शंकर तेरे सभी अरमान पूरे कर देगा।'' इतनी बातें हो रही थीं कि दूसरी लड़कियाँ आ गयीं। उन्होंने लता को घेर लिया और ढोलक लेकर गाने लगीं।

''आज बनी है दुल्हनियाँ स्वर्ग की अप्सरा,

नजर न लागे, सँभालके राखियो''

इस तरह से सब लड़कियाँ हँसी-खुशी से लता के पास बैठकर मस्ती कर रही थीं।

किशन दूल्हा बनकर मण्डप में बैठा था। उसके कुछ साथी भी पास में बैठे थे। इतने में शंकर हाथ में एक उपहार का पैकेट लेकर सीधे किशन के पास आया और शादी की बधाई दी।

''अरे तुम! कब आये हो?'' - किशन ने पूछा।

''कल ही आया हूँ।''

''कल आये हो और मुझसे आज मिलने आये हो।''

''मैंने सोचा शादी के समय अचानक जाने में मजा अधिक आयेगा।''

''हूँ, बहुत होशियार हो गये हो।''

''सब आपकी कृपा है।''

''अच्छा, शहर में सभी ठीक तो हैं? मैंने सभी दोस्तों को शादी में आने के लिए लिखा था, मगर अभी तक कोई भी नहीं आया है।''

''मैं तो आ गया हूँ और हाँ आते समय तुम्हारा दोस्त पाल मिला था... उसने कहा मेरी ओर से किशन को मुबारक कह देना और कहना कि माफी चाहता हूँ कि कुछ आवश्यक कार्य के कारण शादी पर नहीं आ सकता।''

इतने में पंडित जी आ गये और कुछ देर में मंत्र उच्चारण शुरू कर दिये। कुछ देर के बाद दुल्हन को भी बुलाया गया। सात फेरों और एक-दूसरे के दुःख-सुख में साथ निभाने के वायदों के साथ शादी सम्पन्न हुई। आये हुए अतिथियों ने दूल्हा-दुल्हन पर फूलों की वर्षा की।

कई अतिथि जर्मींदार साहब से गले मिलकर बधाई देने लगे। हरिप्रसाद ने दुल्हन को पाँच सौ एक रुपया दिया। दूसरे अतिथियों ने भी अपने साथ लाये हुए उपहार दूल्हा-दुल्हन को भेंट किये। रात्रिभोज का बहुत बढ़िया इंतजाम किया गया था। सभी मेहमानों ने स्वादिष्ट भोजन का आनंद उठाया। भोजन के बाद मनोरंजन के लिए कव्वाली का इंतजाम था। आधी रात तक प्रोग्राम के समापन के बाद सभी मेहमान अपने-अपने घरों की ओर चल दिये।

* * *

कमरे को बहुत ही अच्छी तरह से सजाया गया था। उसके बीचोबीच में पलँग को फूलों से सजाया गया था। उस पर नयी नवेली दुल्हन लाल साड़ी में घूँघट किये सपनों की दुनिया में डूबी हुई बैठी थी। उसे सपनों को साकार करने वाले साथी का इंतजार था। इधर किशन अपने दोस्तों के साथ हँसी-मजाक में व्यस्त था।

"आखिर तुम दूल्हा बन ही गये।" - एक ने कहा।

"अरे, क्या कहते हो, यह बहुत ही किस्मत वाला है जो लता जैसी खुबसूरत लड़की से इसकी शादी हुई है; गाँव के असली हीरे पर हाथ मारा है।- दूसरे ने कहा।

"क्या बात करते हो... जर्मींदार साहब का बेटा है, अगर प्यार-मोहब्बत से कोई चीज हाथ नहीं आयी तो छीन भी तो सकता है। न जाने इसने कौन सा माल जाल में फँसाकर फेंका कि इतनी बढ़िया मछली फँस गयी।" - शंकर ने कहा।

किशन सबकी बातें सुन भी रहा था और नहीं भी। बस हाँ हाँ में उत्तर दे रहा था। वह अपने सपनों में खोया था। उसे भी मिलन का सुखद आनंद बुला रहा था। काफी देर के बाद उसने हँसते हुए कह ही डाला - "अच्छा दोस्तों, समय बहुत हो गया है, शायद आप सबके माँ-बाप इंतजार कर रहे होंगे, गुड बाय।"

"लो भाई, अभी शादी हुए कुछ ही समय हुआ है और हमें गुडबाय कहने लगा है।"

"अरे तुमने सुना नहीं, इसने क्या कहा।"

"क्या कहा?" सबने एक साथ पूछा।

"तुम्हारे माँ-बाप इंतजार कर रहे हैं... क्या अच्छा बहाना बनाया है।"

"असली बात को छुपा रहा है और हमको इल्जाम दे रहा हैं; चलो भाई चलो हमारे माँ बाप इंतजार कर रहे होंगे।" मुस्कराते हुए शंकर ने कहा। सब तिरछी नजरों से किशन की ओर मुस्कराते हुए गुडबाय कहकर चल दिये।

* * *

किशन जब कमरे में पहुँचा तो देखा कि फूलों की सेज पर लाल साड़ी पहने लता उसके इंतजार में बैठी है।

"मैंने कहा नमस्ते, शादी मुबारक हो।" मुस्कराते हुए उसके पास आ गया।

"क्या बात है, हमारे नमस्ते का जवाब नहीं दिया... अगर मेरा आना पसंद नहीं है तो हम वापस जाते हैं।" यह कहकर धीरे-धीरे मुड़ने लगा।

"रुकिये, आप कहाँ जा रहे हैं?" लता ने भी प्यार से कहा।

किशन जाते-जाते रुक गया और हँसते-हँसते लता के पास आकर बैठ गया और कहने लगा- "मैं तो समझा था कि कहीं शादी के बाद तुम कम सुनने लगी हो।"

"आज की रात ये क्या बातें करने लगे।"

किशन ने इस अवसर पर एक शेर कहा।

"घूँघट जरा उठाओ तो सौ बार देख लूँ

भरता नहीं, जी जो एक बार देख लूँ।"

यह कहकर उसने लता का घूँघट उठा ही लिया और देखता ही रह गया।

"क्या बात है, आप इस तरह क्यों देख रहे हैं?"

"देख रहा हूँ आज चाँद जमीन पर किस तरह आ गया और उसके होठों पर एक फिल्मी गाना आ गया।

...एक रात में दो-दो चाँद खिले, एक बदली में एक घूँघट में... और उसने धीरे से बत्ती बुझा दी। दोनों सपनों की रंगीन दुनिया में खो गये।

* * *

कमला नहाकर बाहर निकली तो उसके शरीर पर हल्के नीले रंग की साड़ी (जो शंकर उसके लिये लाया था) में उसका गेहुँआ रंग खूब निखर रहा था। वह इस समय बहुत ही भोली और मासूम लग रही थी, जैसे वह कोई देवी हो।

शंकर ने जब देखा तो प्रशंसा किये बिना न रह सका- "कमला, यह हल्का नीला रंग तुम्हारे शरीर पर यूँ लग रहा है जैसे चाँदनी रात में चाँद अपनी पूरी रोशनी ताजमहल पर डालकर उसे और खूबसूरत बना देता है; ठीक उसी प्रकार इस रंग ने तुम्हारे पर अपना काम किया है। जी चाहता है कि तुम्हें... आगे की बात अधूरी छोड़कर कमला को वासना की दृष्टि से देखने लगा।

"क्या जी चाहता है?" कमला ने उत्सुकता से पूछा

"अपने बाहुपश में जकड़ लूँ यह कहकर जल्दी से उसका चुम्बन ले लिया।"

कमला शरमाकर रह गयी।

"जानती हो, चुम्बन का कार्य क्या होता है और क्यों लिया जाता है?"

"मुझे क्या मालूम... ये सब शहर वालों को मालूम होगा, गाँववाले क्या जानें।

"समय आने पर गाँववालों को भी मालूम हो जायेगा।"

"तुम बात टालने के लिए ऐसा कह रहे हो।"

"अच्छा, अगर तुम जानना चाहती हो तो बता देता हूँ।"

"पति पत्नी का चुम्बन इसलिए लेता है कि उसका माधुर्य चूम ले और उसका सौंदर्य सतत बना रहे।

"बहुत बातें सीख गये हो शहर जाकर। चलो जल्दी से तैयार हो जाओ, तब तक तुम्हारे लिए नाश्ता तैयार करती हूँ।"

* * *

कुछ दिन गाँव में रहकर शंकर ने शहर लौट जाने की तैयारी कर ली। उस दिन स्टेशन पर किशन, लता और कुछ लोग उसे छोड़ने आये।

"कहो पढ़ाई कैसी चल रही है? शादी के कारण तुमसे अधिक बातें नहीं कर सका; कहीं पहले जैसी बात तो नहीं है?" किशन ने पूछा।

"नहीं नहीं, अब मैं दिन-रात दिल लगाकर पढ़ाई कर रहा हूँ... समय पर कॉलेज आता-जाता हूँ।" मुस्कराते हुए जवाब दिया, ताकि किसी प्रकार की शंका न रहे।

"मुझे तुमसे यही उम्मीद थी। अच्छा, मेरी ओर से मकान मालिक और दोस्तों को नमस्ते कह देना... ये मिठाई के डब्बे मकान-मालिक को तथा पाल को देना और कहना सब दोस्त मिलकर खायें।"

"जरुर-जरुर।" कहकर उसने मिठाई के डिब्बे लेकर अंदर रख दिये। इतने में गार्ड ने हरी झंडी दिखाई और गाड़ी धीरे-धीरे चलने लगी। कमला और शंकर ने आँखों ही आँखों में बातें कीं। कमला तब तक प्लेटफार्म पर खड़ी रही, जब तक गाड़ी उसकी आँखों से ओझल न हो गयी।

"अभी कब तक ठहरी रहोगी, गाड़ी तो चली गयी। अरे, तुम्हारी आँखों में आँसू।" लता ने कहा।

"आँसू कहाँ हैं।" उसने जल्दी से साड़ी के पल्लू से पोंछ लिये और मुस्कराने लगी।

"मैं सब जानती हूँ। घबरा मत, वह जल्दी ही वापस आयेगा और तुझे सपनों की दुनिया में ले जायेगा।" शरारत से लता ने कहा।

"घर भी चलने का इरादा है या नहीं, या यहीं पर रहने का विचार है।" किशन ने कहा।

किशन की आवाज सुन दोनों चल पड़ीं।

छह

इतवार का दिन था। शंकर अपने विचारों में खोया, कमरे में आराम-कुर्सी पर बैठा था। उसकी पलकें बन्द थीं। उँगलियों में सिगरेट सुलग-सुलगकर अपनी बेबसी पर रो रही थी। आराम कुर्सी पर बैठे हुए शंकर का चेहरा बहुत ही भोला व मासूम लग रहा था।

अभी वह बैठा ही था कि एक मधुर स्वर उसके कानों में गूँजा। स्वर बहुत ही पहचाना-सा लग रहा था। आँखें खोलकर उसने स्वर की ओर देखा तो देखता ही रह गया। सामने उसकी आशा खड़ी थी। इस समय वह गुलाबी रंग के ड्रेस में मनमोहक लग रही थी।

शंकर उसे एकटक देख रहा था और घूर रहा था। उसके विषय में सोचता रहा। उसका सोचना तब बन्द हुआ, जब आशा ने पूछा - कैसे हो शंकर! कब आये ?

“मैं ठीक हूँ। रात को देर से आया था, आकर सो गया। आज इतवार है इसलिए आराम से बैठा हूँ। मगर तुम्हें किस तरह मालूम हुआ कि मैं आया हूँ?”

“अभी छत पर कपड़े सुखाने गयी थी कि देखा तुम्हारे कमरे का दरवाजा

खुला हुआ है; तब ही समझ गई कि तुम आ गये होगे... तुरन्त काम आधे में छोड़कर तुम्हें देखने आयी हूँ।''

''बहुत अच्छा किया, मैं भी तुम्हारे ही बारे में सोच रहा था।''

''तुम झूठ बोल रहे हो।''

''नहीं, तुम्हारी कसम।'' शंकर ने भोलेपन से उतर दिया।

''ठीक है, मगर ये तो बताओ मेरे लिए गाँव से क्या लाये हो?''

''तुमने ठीक याद दिलाया, मैं तो बातों-बातों में भूल गया; किशन ने तुम्हारे लिए मिठाई भेजी है।''

शंकर ने मिठाई का पैकेट निकालकर आशा को दिया। पैकेट लेते समय शंकर ने आशा का हाथ पकड़ लिया। हाथ के स्पर्श से दोनों को जैसे बिजली छू गयी हो। दोनों ने अपने हाथ जल्दी से अलग कर दिये। आशा शरमाती हुई पैकेट लेकर चली गई।

शंकर सोचता रहा - कितनी भोली व सुंदर लड़की है। सुन्दरता की मूर्ती है, स्वर भी बहुत मधुर है। आशा के प्रति उसके दिमाग में कई विचार आने लगे।

आशा चारपाई पर लेटी हुई थी। उसके बगल में उसका छोटा भाई भी सोया हुआ था। आशा के लाख कोशिश करने पर भी उसे नींद नहीं आ रही थी। वह करवटें बदलती रही। इसी प्रकार करवटें बदलते-बदलते दूर से कहीं घण्टे बजने का स्वर सुनाई दिया, जो रात के दो बजने की सूचना दे रहा था। उसकी पलकें बंद थीं, पर नींद कोसों दूर थी। वह शंकर के विषय में सोच रही थी कि कितना भोला है, मुझे बहुत चाहता है... अक्सर मेरे लिए कुछ न कुछ उपहार ले आता है। इन्हीं विचारों में खोई न जाने कब आँख लग गयी। उसने एक सपना देखा। सपने में उसने शंकर को किसी प्रेमनगर में अपने जीवन साथी के रूप में घूमते गाते पाया।

सारी रात इस तरह व्यतीत होने से सुबह जब उठी तो उसकी आँखें लाल थीं, शरीर में थकान और चेहरा मुरझाया दिखाई दे रहा था। नित्य की भाँति माँ ने उसे जगाया तो वह उठ बैठी। उसकी हालत देखकर माँ पूछ बैठी ''क्या रात भर सोयी नहीं?''

'नहीं तो माँ नहीं।'' – आशा की आवाज में घबराहट थी।

''मुझे तो ऐसा प्रतीत हो रहा है।'' माँ ने फिर से कहा।

''ऐसी कोई बात नहीं हैं माँ।'' थोड़ा सँभलाते हुए आशा ने उत्तर दिया और जल्दी से उठकर चली गई ताकि माँ कुछ और सवाल न करे।

* * *

समय के साथ शंकर और आशा का मिलन बढ़ता रहा। वे एक-दूसरे के बहुत करीब आते गये और प्यार बढ़ता गया। साथ रहने के कसमे-वायदे होते रहे। किसी न किसी बहाने से दिन में एक-दो बार मिलने की कोशिश करते रहते।

एक दिन जब शंकर कॉलेज जाने के लिए तैयारी करते समय किसी फिल्मी गीत को गुनगुना रहा था, तभी आशा आ गयी।

''क्या बात है, आज इतनी चुप दिखाई दे रही हो, सब ठीक है न? इस तरह खामोश क्यों खड़ी हो, बैठो।'' – शंकर ने कहा।

आशा ने धीरे से कहा – ''आज घर के सब लोग रिश्तेदार की शादी में सिकन्दराबाद जा रहे हैं।''

''तो इसमें इस तरह सुस्त और खामोश रहने की क्या बात है?''

''मुझे नहीं ले जा रहे हैं। पिताजी कह रहे हैं कि घर पर कोई तो रहना चाहिए और मुझे रहना पड़ रहा है।''

''यह तो बहुत खुशी की बात हैं... दोनो का साथ अधिक समय तक रहेगा। तुम्हारे लिए कॉलेज से जल्दी आ जाऊँगा, दोनों बाद में बैठकर बातें करेंगे। अच्छा हुआ जो तुम नहीं जा रही हो, शादी से अधिक मनोरंजन हम घर पर ही करेंगे; चलो अब मुस्करा दो नहीं तो मैं नाराज हो जाऊँगा।'' और आशा को गुदगुदी करने लगा।

आशा मुस्करा दी।

इतने में आशा का छोटा भाई आया और बोला- ''दीदी, पिताजी बुला रहे हैं।'' आशा मुस्कराती हुई भाई के साथ शंकर को तिरछी नजरों से देखते हुए घर की ओर चल दी।

* * *

आशा के जाने के बाद शंकर के शैतानी दिमाग में कई तरह के विचार आने लगे। वह सोचने लगा - चलो आज चिड़िया फँस गयी और घर में भी कोई नहीं है। वह जल्दी से तैयार हो गया और आशा के घर की ओर देखता हुआ बाहर निकल पड़ा।

उसके हाथ में एक नोटबुक थी। बाहर आने के बाद उसने कॉलेज जाने का इरादा बदल दिया और आबिद रोड की ओर चल पड़ा। आधे घण्टे तक इधर-उधर घूमने के बाद एक विदेशी शराब की दुकान पर गया। वहाँ से आधी बोतल रम की ली और घर की ओर चल पड़ा। रास्ते में आते-आते अपने साथ दो बोतल कोकाकोला और बर्फ तथा नमकीन लेकर आया।

अपने कमरे का दरवाजा खोलते-खोलते उसने आशा के घर की ओर झाँक लिया। अन्दाजा लगा लिया कि सब जा चुके हैं। जल्दी से दरवाजा खोलकर भीतर गया और जल्दी से कोकाकोला की बोतल आधी खाली की ओर उसमें रम भर दिया। ठंडा करने के लिए बोतलें बर्फ के साथ एक बर्तन में रख दी। नमकीन को एक प्लेट में रखकर चारपाई पर साफ चादर बिछाकर दीवार की ओर दो तकिये रख दिये। आशा को फँसाने का पूरा प्रबंध कर दिया।

जब पूरा इन्तजाम हो गया तो बाहर निकलकर आशा के घर की ओर चल पड़ा। दिन के लगभग बारह बजे का समय था, इसलिए आसपास कोई नहीं था। सब पड़ोसी अपने-अपने कामों में व्यस्त थे या किसी काम से बाहर गये हुए थे। यह समय शंकर के लिए बहुत ही अनुकूल था। शंकर ने धीरे से आशा के घर का दरवाजा खटखटाया। कोई आवाज नहीं आयी तो दूसरी बार फिर खटखटाया।

भीतर से आवाज आई - ''कौन है?''

''मैं हूँ।''- शंकर ने कहा।

आशा ने आवाज तो पहचान ली, मगर शरारत के इरादे से पूछा - ''मैं कौन! क्या नाम है?''

''मैं शंकर हूँ।''

शंकर का नाम सुनकर आशा ने दरवाजा खोला। जैसे ही दरवाजा खुला,

शंकर जल्दी से अंदर चला गया और दरवाजा बन्द कर दिया।

''दरवाजा क्यों बन्द किया, मुझे ड़र लग रहा है।''

''इसमें ड़रने की क्या बात है; कोई देख न ले, इसलिए बन्द कर दिया है, अगर तुम्हें डर लगता है तो...''

''नहीं नहीं ऐसी कोई बात नहीं है, न जाने क्यों मेरा दिल जोर-जोर से धड़क रहा है।''

''सच... कहाँ? मैं भी देखूँ कितनी स्पीड से धड़क रहा है।'' और शंकर यह कहकर अपना कान उसके वक्षस्थल पर रखने की कोशिश करने लगा।

''धत्, शरम नहीं आती।'' - कहकर वही पीछे हट गयी और शंकर गिरते-गिरते बचा।

दोनों एक-दूसरे को देखकर हँसने लगे।

''तुम्हारा दिल धड़क रहा है और डर भी लग रहा है, तो मेरे साथ चलो, तुम्हारी दोनों शिकायतें दूर कर दूँगा।''

''तुम तो खेती-बाड़ी का कोर्स कर रहे हो, ये डॉक्टरी कब से शुरू कर दी?''

''तुम जानती नहीं?''

''बिल्कुल नहीं।''

''तो सुनो... (धीरे)

उसने इतना धीरे से कहा कि आशा को कुछ भी सुनाई नहीं दिया।

''क्या कहा? मुझे तो कुछ भी सुनाई नहीं देता, जरा जोर से कहो।''

''ऐसा करो अपना कान नजदीक लाओ।''

''नहीं नहीं, तुम कोई शरारत करोगे।''

''तुम्हारी कसम, मैं कुछ भी नहीं करूँगा।

आशा जैसे ही नजदीक गयी, शंकर ने उसे बाँहों में जकड़ लिया और कहा - ''जब से तुमसे प्यार हुआ है।'' आशा शरमाती हुई अपने आपको

छुड़ाने की कोशिश करने लगी।

शंकर ने उसे छोड़ दिया और कहा - ''चलो मेरे साथ।''

''मगर कहाँ?'' आशा ने पूछा।

''मेरे कमरे में और कहाँ।''

''वहाँ क्या है इतनी दोपहर में?''

''तुम्हारे दर्द की दवा।'' - शंकर ने कहा।

''अच्छा चलो'' - आशा ने हँसते हुए कहा।

''ठहरो, अभी मैं जाता हूँ, तुम पाँच मिनट के बाद आना ताकि कोई दोनों को एक साथ न देखे और किसी को शक भी न हो।''

वास्तव में शंकर फिर से अपना बुना हुआ जाल देखना चाहता था और पूरी तसल्ली करना चाहता था, जिससे आशा को किसी प्रकार का शक न हो।

शंकर ने जल्दी से दरवाजा खोला। इधर-उधर ध्यान से देखने के बाद चारपाई पर बैठ गया। उसने आशा को आज अपने जाल में फँसा ही लिया। यह सोचते हुए मुस्कराने लगा और इंतजार करने लगा। उसने पहले ही सोच लिया था कि आज वह किसी भी तरह से अपनी इच्छा पूरी करेगा।

आशा कुछ घबरा रही थी हिम्मत कर उसके कमरे में आ गयी, मगर वह नहीं जानती थी कि आज क्या खेल-खेला जाने वाला है।

शंकर ने आशा को अपने पास चारपाई पर बिठा लिया। दोनों एक-दूसरे को देखने लगे, मगर किसी ने भी मुँह नहीं खोला। दोनों अलग-अलग विचारों से एक-दूसरे को देखने लगे। इस तरह कुछ समय गुजर गया तो एक मच्छर ने शंकर के हाथ पर काटा तो उसे होश आया। वह ख़यालों की दुनिया से हकीकत की दुनिया में आ गया। आशा भी उसकी आवाज सुनकर ठीक हालत में आ गई।

''आज तो बहुत गर्मी है।''- शंकर ने कहा।

''हाँ मुझे भी ऐसा ही महसूस हो रहा है।''

गर्मी का खयाल आते ही शंकर को कोका कोला याद आया। वह जल्दी

से उठा और दो बोतलें ले आया। एक आशा को दी और दूसरी अपने पास रख ली... साथ में नमकीन की प्लेट भी सामने रख दी।

आशा ने बोतल तो हाथ में ले ली, मगर फिर भी पूछ लिया – ‘‘ये क्या है?’’

‘‘गर्मी का इलाज’’ – शंकर ने कहा।

‘‘कब लाये?’’

‘‘थोड़ी देर पहले बाहर गया था और ले आया, यह सोचकर कि आ तुम्हारे साथ ठंडा पीने का मजा कुछ और ही आयेगा तथा गर्मी का इलाज भी हो जायेगा।’’ दोनों हँसते-हँसते एक साथ पीने लगे। कुछ देर पीने के बाद बोतल खाली कर दी।

बोतल का असर धीरे-धीरे आशा पर होने लगा। उसे महसूस होने लगा जैसे उसे चक्कर सा आ रहा है और कमरे की हर चीज घूम रही है।

‘‘ये क्या पिला दिया जो चक्कर आ रहे हैं?’’

‘‘घबराओ मत... तुम घबरा रही थीं न इसलिए ऐसा महसूस हो रहा है। उसके होठों पर अजीब मुस्कान थी... आँखों में तृष्णा की आग तथा हवस की लालसा थी। उसने आशा को बाँहों का सहारा दिया और अपने बाहुपाश में लेने लगा।

‘‘ये क्या कर रहे हो?’’

‘‘कुछ नहीं, तुम्हें सहारा दे रहा हूँ। वह दिल में बहुत खुश हो रहा था। सोचने लगा आज उसकी मनोकामना पूरी हो जायेगी। उसने आशा को पलँग पर लिटा दिया और उसके बालों से खेलते-खेलते उसकी पीठ पर हाथ फेरने लगा। धीरे-धीरे नशे ने अपना असर दिखाना शुरू कर दिया। दिल की धड़कनें बढ़ती गयीं और दोनों एक-दूसरे में समाने लगे।

लगभग एक घण्टे बाद जब आशा को होश आया तो अपने आपको अजीब हालत में पाया। उसे थकान महसूस हो रही थी। उसका सतीत्व लुट चुका था। वह जल्दी से उठ बैठी। कपड़ों को ठीक किया, इधर-उधर देखा। सामने कुर्सी पर शंकर आराम से बैठा सिगरेट पी रहा और मुस्करा रहा है।

''तुम होश में आ गई।'' शंकर ने पूछा।

हाँ, मगर ये सब क्या हो गया, तुमने ये क्या कर दिया?''

''कुछ भी तो नहीं।''

''तुम झूठ बोल रहे हो... तुम पर कितना विश्वास किया, मगर तुमने मुझे कहीं का भी नहीं रखा; अब घर और समाज को क्या मुँह दिखाऊँगी?''

''घबराओ मत, कुछ नहीं होगा।''

''मगर तुमने यह सब क्यों किया?''

''मैं तुमसे प्यार करता हूँ।''

''प्यार? क्या प्यार का मतलब जानते हो? तुम तो वासना को प्यार कहते हो, जो तुमने पूरी कर ली है। कुछ देर चुप रहने के बाद बोली, क्या तुम अब भी प्यार करते हो? बोलो, बोलते क्यों नहीं, चुप क्यों हो गये, जबान पर ताला लग गया है क्या?''

''नहीं नहीं, मुझे गलत समझ रही हो; मैं तुम्हें दिलोजान से प्यार करता हूँ। मुझे माफ कर दो, न जाने क्या हो गया था कि ये सब कर बैठा।'' लेकिन मन ही मन में खुश था।

''अब माफी माँगने से क्या होगा, मेरी लुटी हुई इज्जत वापस तो नहीं आ सकती। क्या ये कोई चाल है या पहली चाल का कोई हिस्सा है, जो झूठी तसल्ली देकर टालना चाहते हो?''

''मैं सच कह रहा हूँ। बस इम्तहान में सिर्फ दो महीने हैं, उसके बाद हम दोनों एक हो जायेंगे; घबराओ मत, सब ठीक हो जायेगा, समय का इंतजार करो।''

आशा ने रोते-रोते कहा - ''सच कह रहे हो... नहीं तो मैं जहर खाकर मर जाऊँगी; मैं नहीं चाहती मेरी वजह से समाज में मेरे मेरे माँ-बाप की इज्जत नीलाम हो जाय।''

''ऐसा कभी नहीं होगा... मैं कसम खाता हूँ अपना वायदा जल्दी से पूरा करूँगा; अब शांत हो जाओ और अपने घर जाकर आराम करो।

आशा को तसल्ली देकर भेज दिया और जब देखा वह अपने घर चली

गयी तो अपने कमरे में आकर जोर-जोर से हँसने लगा। हा हा हा हा। और जब हँसते-हँसते थक गया तो उसके मुँह से निकल पड़ा – ''पगली कहीं की।''

* * *

आशा पलँग पर गुमसुम पड़ी थी। उसे किसी बात का होश नहीं था। वह न जाने क्या सोच रही थी... भूत, वर्तमान या भविष्य। शाम हो गयी लेकिन वह नहीं उठी। उसी तरह पलँग पर पड़ी रही, यहाँ तक कि बिजली भी नहीं जलाई। उसके विचार अँधेरे में भटक रहे थे। उसकी समझ में कुछ नहीं आ रहा था। आज उसके साथ विश्वासघात हुआ है।

करीब रात के दस बजे जोर-जोर से दरवाजे के खटखटाने की आवाज सुनकर हड़बड़ाकर उठी। उसे डर लगने लगा। कुछ देर सोचने पर उसे महसूस हुआ कि उसको भ्रम हुआ है, पर जब दुबारा फिर आवाज हुई तो मुश्किल से उठी, लाइट जलाई, अपने कपड़े व बाल ठीक करती हुई दरवाजे की ओर बढ़ी। जैसे ही दरवाजा खोलने के लिए हाथ बढ़ाया, उसे डर-सा लगा। पूछ ही बैठी – ''कौन है?''

''हम हैं बेटी, दरवाजा खोलो।''

आवाज सुनते ही काँपते हाथों से दरवाजा खोला, मगर उसके चेहरे पर घबराहट थी। घर वालों ने उसके चेहरे पर कोई ज्यादा ध्यान नहीं दिया। माँ ने सोचा शायद नींद से उठने के कारण चेहरा ऐसा हो गया है। शादी से आने के कारण सभी खुश नजर आ रहे थे। थोड़ी देर के बाद सभी सो गये।

सुबह जब आशा उठी, तो चेहरा जो हमेशा की तरह मुस्कराता रहता था, आज कुछ मुरझाया हुआ था। आँखें लाल दिखाई दे रही थीं। ऐसा महसूस होता था कि वह रात भर सोई ही नहीं और कुछ सोच रही थी।

माँ ने जब आशा की ये हालत देखी तो पूछे बिना नहीं रह सकी। ''क्यों क्या बात है, रात भर सोई नहीं क्या; आँखें लाल क्यों हैं, कुछ तकलीफ है क्या?''

''ऐसी कोई बात नहीं है माँ।'' और वह पलँग से उठ गई।

जब घर के सदस्य यानी बच्चे वगैरह बाहर चले गये तो माँ ने आशा को बुलाकर कहा – ''अब तुम सयानी हो गई हो। पढ़ाई भी हो चुकी है, घर का

काम भी अच्छी तरह से कर लेती हो, तेरे पिताजी और मैंने फैसला किया है कि तेरे हाथ पीले कर दिये जायँ।''

यह बात सुनते ही आशा की घबराहट कुछ बढ़ गयी। उसे महसूस होने लगा कि किसी अँधेरे गड्ढे में गिरती जा रही है और जिन्दगी भर भटकती रहेगी। वह अपने विचारों में खो गयी।

जब माँ ने देखा कि बेटी ने जवाब नहीं दिया है तो फिर पूछा - ''क्या बात हैं बेटी, तुम घबरा क्यों रही हो? लड़का तुम्हें पसंद आने पर ही बात आगे बढ़ायी जायेगी।''

आशा ने झट से कहा - ''क्या माँ, मैं क्या आप पर बोझ बन गयी हूँ जो इतनी जल्दी कर रहे हो; मैं अभी शादी नहीं करूँगी।''

''बोझ का सवाल नहीं है। बेटी तो पराया धन होती है, आज नहीं तो कल जाना ही पड़ेगा। तू एक बार लड़के को देख तो ले, लड़का बी.काम. पास है, कपड़े की दुकान है। घर में अधिक सदस्य भी नहीं हैं... सिर्फ माँ है। खाता-पीता घर है, तू राज करेगी। अभी माल की खरीदारी के लिए मुम्बई गया है, आठ-दस दिन में आ जायेगा, उसके बाद ही बात बढ़ेगी।''

'माँ', कहकर आशा उठ गयी और छत की ओर भाग गई। माँ ने समझा शरमा रही है, मगर छत पर जाकर वह रोने लगी। सिसकियाँ लेती रही। सोचने लगी अपनी तकलीफ किससे और कैसे कहे।

वह हमेशा शंकर को याद करती रहती और अक्सर छत पर जाकर कमरे की ओर देखती रहती। शंकर जब कभी भी अपने कमरे से बाहर निकलता तो उसके घर की ओर जरूर देखता। आशा के दिखाई देने पर मुस्कराता, कोई न कोई बहाना बनाकर उसके घर जाता। आशा से थोड़ी सी बात कर वापस आ जाता। मगर कुछ दिनों के बाद मुस्कराना तो दूर, उसके घर की ओर देखना भी बंद कर दिया।

आशा की घबराहट दिन-ब-दिन बढ़ती जा रही थी। उसे कुछ डर महसूस होने लगा। खिलता हुआ चेहरा मुरझाया लगता। सोचती कहीं शंकर धोखा तो नहीं दे रहा है। उस समय मुझे टालने के लिए कहीं शादी का झूठा वायदा तो नहीं किया। वह अक्सर घर की खिड़की या छत पर बैठकर उसका इंतजार करती, मगर वह दिखाई नहीं देता। इस तरह कुछ दिन गुजर गये।

एक दिन आशा ने देखा कि शंकर के कमरे का दरवाजा खुला हुआ है। वह जल्दी से बाहर निकली और कमरे में गयी। शंकर, जो बड़े आराम से कुर्सी पर बैठा सिगरेट पी रहा था, इसको देखते ही हड़बड़ा उठा। उसके चेहरे पर घबराहट की शिकन आ गयी। आशा ने उसके चेहरे की ओर ध्यान नहीं दिया, झट से उसके गले से लगकर रोने लगी।

शंकर ने अपने को सँभाला और आशा के सिर पर हाथ फेरते हुए कहा – ''पगली रो क्यों रही हो, मैं तो अभी यहीं हूँ घबराती क्यो हो।'' और आशा को अपने से अलग कर दिया।

''मुझे न जाने क्यों डरलग रहा है। तुम भी कई दिनों से दिखायी नहीं दे रहे थे जिसकी वजह से मैं घबरा रही थी। तुममें वह पहले जैसी बात नहीं रही, मुझसे खिंचे-खिंचे से रहने लगे हो।

''मुझे गलत समझ रही हो, ऐसी कोई बात नहीं है। क्या कहूँ आजकल फुर्सत नहीं मिल रही है... तुम तो जानती ही हो कि परीक्षाएँ चल रही हैं। सिर्फ दो पेपर रह गये हैं, उसके बाद फुर्सत ही फुर्सत, बातें ही बातें; कोई बन्धन नहीं होगा, आराम से बैठकर प्यार-मोहब्बत की बातें करेंगे।''

''इतने दिनों से नहीं मिले तो मैं परेशान हो गई। मेरे लिए एक-एक दिन काटना मुश्किल हो रहा था। अक्सर कमरा बंद रहता। एक दिन जल्दी से दरवाजा बंद करके बाहर जाने लगे, इस ओर देखा भी नहीं।''

''फिर वही बात.. मैंने अभी-अभी कहा कि मेरे इम्तहान चल रहे हैं; तुम बेकार परेशान हो रही हो। दो-चार दिनों की बात है, सब ठीक हो जायेगा। अभी घर जाकर आराम करो, इम्तहान के बाद तुम्हारे घर वालों से शादी की बातचीत करूँगा।''

''सच बोल रहे हो?''

''तुम्हारी कसम बिल्कुल सच बोल रहा हूँ; अब तो मुस्करा दो।'' और गुदगुदी करने लगा।

आशा के होंठों पर मुस्कराहट आ ही गयी।

शंकर ने बहुत ही होशियारी और प्यार से आशा को वापस घर भेज दिया और अपने आप ही कहने लगा – ''पगली कहीं की, क्या मैं यहाँ शादी

करने के लिए आया हूँ।''

* * *

शंकर का इम्तहान समाप्त हो गया। वह बहुत खुश था। आज उसने कॉलेज के दो वर्ष पूर कर लिये। अब वह आजाद था। वैसे भी वह कॉलेज कम ही जाता था। सोचने लगा अब क्या किया जाय। यहाँ रहकर नतीजे का इंतजार किया जाय या गाँव चला जाय। उसे कमला की याद आ गई। वह सोचने लगा कि यहाँ से जाने में ही फायदा होगा। कमला से मिलने की आशा कहीं इस आशा से निराशा में न बदल जाय और भागना मुश्किल हो जाय।

शंकर जल्दी से तैयार हो गया और किसी को कुछ बताये बिना, थोड़े से सामान के साथ कमरे को ताला लगाकर निकल पड़ा। उस समय रात के दस बजे थे। वह रेल्वे स्टेशन की ओर चल पड़ा। उसने रात स्टेशन पर ही गुजारने का निश्चय कर लिया, क्योंकि उसे डर था कि सुबह हो जाने पर कहीं कोई देख लेगा और उसके जाने के बारे में पता चल जायेगा। स्टेशन पर सामान अमानत घर में रखकर बाहर समय गुजारने के लिए निकल पड़ा। वह बार में गया। पीने के लिए बीयर मँगवायी। पीते-पीते आशा की बातें याद आने लगीं, लेकिन वह मुस्कराता हुआ पीता रहा। पीने के बाद खाने के लिए चिकन-तंदूरी मँगाया। खा-पीकर रात के बारह बजे बार से बाहर निकला। पान की दुकान से पान और एक डब्बी विल्स सिगरेट की लेकर सीधे स्टेशन पहुँचा। घड़ी देखी तो अभी साढ़े बारह बजे थे। कुछ देर प्लेटफार्म पर टहलता रहा। जब थक गया तो एक बेंच पर बैठ गया और सिगरेट पीने लगा। उस धुएँ में उसे आशा की परछाई दिखाई देने लगी। वह रोते हुए कह रही थी – ''शंकर, तुम्हारा क्या बिगाड़ा था। मेरा कसूर यही था कि तुम पर विश्वास किया और तुमने उस विश्वास का फायदा उठाकर मेरे साथ विश्वासघात किया, मुझे मझधार में छोड़कर भाग रहे हो, जबकि मैं तुम्हारे बच्चे की माँ बनने वाली हूँ। याद रखो ऐसे जाने नहीं दूँगी, इसकी सजा जरूर भोगनी पड़ेगी। अकेले समाज का सामना नहीं करूँगी, तुम्हे भी मेरा साथ देना होगा। अगर साथ नहीं दिया तो आत्महत्या कर लूँगी और सजा तुमको मिलेगी, जब जेल में चक्की पीसोगे तो मालूम हो जायेगा कि किसी अबला की इज्जत की क्या कीमत है। कायर मत बनो, वापस आ जाओ वरना परिणाम बहुत बुरा होगा।''

''नहीं नहीं ऐसा कभी नहीं हो सकता।'' इतनी जोर से कहा कि

आसपास के लोग जाग गये। उसमें से कुछ नजदीक भी आ गये।

"क्या हुआ बेटे, इतने जोर से क्यों चिल्ला रहे थे?" – एक वृद्ध पुरुष ने पूछा।

"कुछ नहीं कुछ नहीं, बस यों ही।" – शंकर ने जवाब दिया

"जरूर कोई भयानक सपना देखा था; अब आप सब सो सकते हैं, मैं बिल्कुल ठीक हूँ।"

सभी अपने-अपने ठिकाने की ओर चले गये।

शंकर के चेहरे पर भय के कारण पसीने की बूँदें आ गयी थी। वह उठा और नल की ओर चेहरे को धोने के लिए चला गया। अच्छी तरह साफ कर फिर बेंच पर आकर बैठ गया। इस तरह बेंच पर बैठे-बैठे ही रात गुजार दी।

सात

सुबह उसने गाँव का टिकट लिया और गाड़ी में सवार हो गया। गाड़ी अपनी गति से चली जा रही थी। शंकर एक सीट पर बैठा आराम से सिगरेट पी रहा था। आस-पास में भी कुछ मुसाफिर बैठे हुए थे। सामने की सीट पर एक लड़की वृद्ध पुरुष के साथ बैठी थी। लड़की साँवले रंग की थी, लेकिन नाक नक्शा बहुत ही आकर्षक था। बड़ी-बड़ी आँखों में काजल लगा था। रस भरे होंठ और भरे हुए गाल, कश्मीरी सेव की तरह प्रतीत हो रहे थे।

शंकर ने जब देखा तो देखता ही रह गया। उसके मन में इच्छा हुई कि इस लड़की से किसी तरह दोस्ती की जाय। क्या गजब का आकर्षण है। काश, मेरे बगल में मेरे साथ बैठी होती तो उसके शरीर की भीनी-भीनी खुशबू से समय बड़ी ही आसानी से कट जाता। इस ख़याल से उसने वृद्ध से बातचीत शुरू की।

''आप कहाँ जा रहे हैं अंकल?''

''आपने मुझसे कहा?''

''जी हाँ, आप ही से कह रहा हूँ, आप कहाँ जा रहे हैं?

''आप क्यों पूछ रहे हैं? आप हैं कौन जो ऐसा सवाल पूछ रहे हैं? हम

कहीं भी जायँ आपको क्या तकलीफ है।''- वृद्ध ने गुस्से से कहा।

शंकर घबरा गया। उसे ऐसी आशंका नहीं थी कि इस तरह जवाब मिलेगा। फिर भी अपनी घबराहट को छुपाते हुए कहा - ''ऐसे ही पूछ रहा था। बातचीत करने से गाड़ी में समय आसानी से कट जाता है; मुझे नहीं मालूम था कि आपको किसी से बातचीत करना पसंद नहीं है, माफ करना।

दोनों ओर खामोशी छाई रही।

शंकर समाचार-पत्र पढ़ने लगा और वृद्ध खिड़की से बाहर की ओर देखता तो कभी शंकर की ओर। ट्रेन की गति धीमी होती चली गई... शायद कोई स्टेशन आया हो। शंकर ने पेपर हटाकर खिड़की से बाहर देखा तो उसी का गाँव दिखाई देने लगा। वह समझ गया कि गाँव का स्टेशन आ गया है। जल्दी से सामान ठीक किया और दरवाजे के पास आकर ठहर गया। मगर जाते-जाते उस लड़की पर एक नजर डाल दी। लड़की सर झुकाये हुए अपने ही विचारों में खोई हुई थी। उसने शंकर की ओर आँख उठाकर भी नहीं देखा।

गाड़ी स्टेशन पर रुक गयी। शहर के स्टेशनों की तरह यहाँ पर लोगों की चहल-पहल न के बराबर थी। शंकर सामान लेकर नीचे उतरा। उसके पास एक अटैची, छोटा-सा बिस्तर और एक हाथ का बैग था। वह घर से रात के अँधेरे में छुपकर निकला था इसलिए बाजार से कुछ भी खरीद नहीं सका था। कमरे में जो सामान उठाने लायक था, वह ले आया।

कुली को बुलाया। उसके सर पर सामान रखकर स्टेशन के बाहर आया और ताँगे में बैठकर घर की ओर चल पड़ा।

* * *

रास्ते में देखा कि गाँव की हालत बहुत बदल गयी है। पहले जो स्टेट बैंक आफ हैदराबाद की शाखा एक छोटे मकान में थी, अब बढ़िया बिल्डिंग में है। जिस सड़क पर ताँगा चल रहा था वह भी पक्की बनी हुई है।

ताँगा आसानी से चल रहा है। गाँव का नया रूप देखते-देखते घर तक पहुँच गया। ताँगे वाले को पैसे देकर घर के अन्दर गया।

अन्दर आकर देखा कि सभी भोजन कर रहें हैं। अचानक हरिप्रसाद ने दरवाजे की ओर देखा तो शंकर दिखाई दिया। उन्हें विश्वास नहीं हो रहा था।

जब तक कुछ कहें, शंकर ने आगे बढ़कर चरणस्पर्श किये।

"जीते रहो बेटा।" अब हरिप्रसाद को विश्वास हो गया था कि शंकर ही है। तब तक कमला भी आ गई। दोनों ने एक-दूसरे को देखा और मुस्करा दिये।

"अचानक कैसे आ गये बेटा?" - उस समय शंकर का भेजा हुआ तार उनके खयाल में नहीं था।

"इनको अचानक आने की आदत है पिताजी, पिछली बार भी ऐसे ही आये थे।" कमला ने शरारती अंदाज में कहा।

"ऐसी कोई बात नहीं है; इम्तहान समाप्त हो गये थे, सोचा शहर में अकेला रहकर क्या करूँगा, क्यों न गाँव आकर आपकी सेवा करूँ।"

"ठीक है, बातें बाद में कर लेना, अभी सफर से थके आये हो; जल्दी से स्नान करो फिर भोजन कर आराम करना।

* * *

गाँव की सुबह, शहरों की अपेक्षा बहुत ही सुन्दर तथा लुभावनी होती है। गाँव में सूर्य की लालिमा मन को लुभाती है। शहर में जहाँ लोग अधिकतर देर से उठने के आदी होते हैं, वहीं गाँव में सवेरे जल्दी उठने की प्रथा है। सुबह-सुबह लोग हाथों में हल और बैलों को लेकर खेतों की ओर चल पड़ते हैं। मगर शंकर आराम से सोया हुआ था। शहर के वातावरण का असर उस पर पूरी तरह छाया हुआ था। कमला को शंकर का सोया हुआ चेहरा बड़ा प्यारा लग रहा था वह उसके भोले चेहरे को देख रही थी। सोते हुए शंकर के चेहरे पर मुस्कराहट दिखाई दे रही थी, शायद खूबसूरत ख्वाब में मग्न था। कमला उसके चेहरे को प्यार से निहार रही थी। उसका ध्यान उस समय भंग हुआ, जब हरिप्रसाद ने आवाज दी कि शंकर अभी उठा या नहीं।

"अभी उठाती हूँ पिताजी!" उसने जल्दी से शंकर की चादर उठा दी जिससे वह हड़बड़ाकर उठ गया। उसकी घबराहट देखकर कमला हँसने लगी। शंकर हँसती हुई कमला को देखने लगा जो बहुत ही प्यारी लग रही थी।

हँसी थमते ही कमला ने देखा कि शंकर उसे गौर से देख रहा है।

"इस तरह क्या देख रहे हो, पहले कभी मुझे देखा नहीं है!"

"देखा तो कई बार है, मगर ऐसे पागलपन में कभी नहीं देखा है।"

"क्या कहा, मैं पागल दिखती हूँ।"

"यह पागलपन नहीं तो क्या है, सुबह-सुबह मेरी प्यारी नींद खराब कर दी और फिर जोर-जोर से हँस रही हो।

"आपके लिए अभी सुबह हुई है; आठ बज गये हैं, सब अपने-अपने खेतों पर पहुँच गये हैं। देखो कितनी धूप निकल आई है।" और खिड़की खोल दी। धूप कमरे में आ गई जिससे रोशनी हो गई।

"ठीक है, मगर उठकर क्या करूँगा; लोग जाते हैं तो जायँ, उनसे; मुझे क्या लेना है।"

"उठेंगे भी या सिर्फ बातें ही करते रहेंगे... पिताजी ने याद किया है।"

"तुमने पहले क्यों नहीं बताया?"

"इसलिए तो आई थी, मगर तुमने उठते ही सवाल-जवाब शुरू कर दिया। अब जल्दी से उठो।"

"जो हुकुम सरकार का, जैसी आपकी इच्छा; हम तो गुलाम हैं, जब इच्छा हो बिठाओ और जब चाहो उठाओ।" यह कहते हुए उठ खड़ा हुआ।

"जल्दी से तैयार हो जाओ, तब तक तुम्हारे लिये नाश्ता बनाती हूँ।" कहकर कमरे से बाहर चली गई।

हरिप्रसाद और शंकर बैठे नाश्ता कर रहे थे।

कमला परोसने का काम कर रही थी। उसने शंकर के लिए विशेष प्रकार का नाश्ता बनाया था।

"क्यों बेटा, मैं अगर गलती पर नहीं हूँ तो तुम अबकी बार देर से आये हो; तुम्हारे तार के अनुसार चार दिन पहले ही आ जाना चाहिए था।" हरिप्रसाद ने कहा।

"जरूर शहर में मजा कर रहे होगें और तार देकर भूल गये होंगे; क्यों, ठीक हैं न!" - कमला ने कहा।

"ऐसी कोई बात नहीं है। मुझे याद है कि तार भेजा था... मगर क्या

करता; परीक्षाएँ किसी कारण से कुछ दिनों के लिए आगे बढ़ गयीं।''

''हमें क्या पता कि इम्तहान दो दिनों के लिए आगे बढ़ गया है और चार दिन देर से आओगे; हमने दो दिनों तक स्टेशन पर आदमी को तुम्हें लेने के लिए भेजा था। लेकिन तुम न आये और वह अकेला वापस आ जाता। हम समझ गये कि अबकी बार देर से आओगे।

''आपको मेरी वजह से कष्ट हुआ, उसके लिए माफी चाहता हूँ।''

''कोई बात नहीं।'' कहकर हरिप्रसाद उठ गया। उसके उठते ही शंकर खड़ा हो गया।

* * *

किशन बैठा अखबार पढ़ रहा था तो लता घर के काम में लगी हुई थी। लता की माँ, जो बेटी की शादी के बाद यहीं आकर रह रही थीं, एक कमरे में लक्ष्मी जमींदार की पत्नी से बातों में मग्न थी। शंकर ने जैसे ही घर में प्रवेश किया, तो चम्पा घर की नौकरानी ने देख लिया। वह जल्दी से किशन के पास गई और कहा - ''छोटे जमींदार साहब, आपके दोस्त आये हैं।''

''कौन सा दोस्त?''

''वही जो आपके साथ शहर में पढ़ते थे, शंकर बाबू।''

शंकर जब कमरे में दाखिल हुआ तो अपना नाम सुन लिया और कहने लगा - ''क्या बात है, आने से पहले मेरा नाम लिया जा रहा है।''

''कोई बात नहीं है... चम्पा ने तुम्हें घर के भीतर आते देख लिया, वही कहने आयी थी, आओ बैठो।''

''शंकर, चम्पा तुम जाओ और शंकर के लिए लस्सी ले आओ।''

''क्यों तकलीफ करते हो, घर से अभी नाश्ता करके आ रहा हूँ।

''इसमें तकलीफ की क्या बात है; जाओ जल्दी से ले आओ।''

चम्पा के जाने के बाद किशन ने पूछा - ''कब आये हो?''

''कल शाम आया था।''

कल शाम आये हो और अब मेरे दोस्त को फुर्सत मिली है हमसे मिलने

की। इतनी बड़ी रात गुजर गई और अब दस बजे हैं, अब आये हो... रात में मिलने आते तो क्या डर लग रहा था।'' किशन ने मुस्कराते हुए कहा। नहीं ऐसी कोई बात नहीं है; रात में जब आया था तो चाचाजी भोजन कर रहे थे, मुझे भी खाने के लिए बिठा दिया। खाने के बाद कहा - जाकर आराम करो, सफर में थक गये होंगे... आज्ञा तो माननी थी, इसलिए आ नहीं सका और सो गया।

''अब पढ़ाई तो पूरी कर ली है, अब भविष्य के बारे में क्या विचार किया है; शहर में जाकर रहोगे या गाँव में रहने का इरादा है?'' क्योंकि किशन उसके चाल-चलन से परिचित था।

इतने में चम्पा लस्सी रखकर चली गई।

दोनों धीरे-धीरे लस्सी पीने लगे।

''लस्सी का तो मजा आ गया'' - शंकर ने कहा

''क्यों, कमला बहन ने लस्सी नहीं पिलाई क्या?''

''उसने तो कहा था ठहरो अभी बनाती हूँ पीकर जाना; मगर मैं तुमसे मिलने चला आया।'' - शंकर ने झूठ बोला।

''अच्छा, तुमने मेरे सवाल का जवाब नहीं दिया।''

''क्या जवाब दूँ; मैं गाँव में इसलिए तो आया हूँ कि तुम्हारे साथ मिलकर काम करूँ।'' किशन को क्या पता कि शंकर शहर में क्या गुल खिलाकर आया है और गाँव में रहने आया है।

''बहुत अच्छा किया जो यहाँ रहने का इरादा किया है; चलो तुम्हें गाँव की सैर करा लाता हूँ।'' दोनों चलने के लिए खड़े हो गये कि इतने में लता किसी काम से अपने कमरे से बाहर निकली तो इनका सामना हो गया।

शंकर सोचने लगा काश उसकी कमला भी इतनी खूबसूरत होती। उसका ध्यान उस समय भंग हुआ, जब लता ने हाथ जोड़कर नमस्ते कहा।

शंकर ने भी नमस्ते किया और पूछ कैसी हो भाभी?

''ठीक हूँ; आप कब आये, मुझे तो मालूम ही नहीं हुआ।''

''कैसे मालूम होगा भाभी, आपका जमाना है।'' शंकर ने शरारती अंदाज

में कहा।

''हाँ हाँ वो तो है ही, आपको कुछ कष्ट हो रहा है क्या!'' लता ने भी उसी अंदाज में जवाब दिया।

''मुझे भला क्यों कष्ट होने लगा; किशन भैया की हालत देखकर दया आ रही है।''

''क्यों मुझे क्या हुआ, अच्छा खासा तो हूँ।''

''क्यों नहीं, भाभी के सामने तो ऐसे ही कहोगे, क्योंकि मेरे जाने के बाद मीठी-मीठी बातें न सुननी पड़ें।''

सभी हँसने लगे।

शंकर और किशन हँसते हुए घर के बाहर आ गये।

* * *

चलते-चलते किशन ने पूछा - ''शहर में सब जान-पहचान वाले कैसे हैं, मेरा मतलब है अपने दोस्त, अपने मकान-मालिक और उनके बच्चे आशा वगैरह।''

आशा का नाम सुनते ही शंकर के चेहरे पर कुछ घबराहट आ गयी, जिसकी ओर किशन ने कोई ध्यान नहीं दिया। अपने आप को सँभालते हुए कहा - ''सब ठीक हैं; तुम्हारे दोस्त, मकान-मालिक और उनके बच्चे वगैरह।''

''अच्छा, तुम्हारी पढ़ाई कैसी रही? पेपर कैसे किये?''

''पेपर तो अच्छी तरह से लिखे हैं, उम्मीद है इस वर्ष भी पास हो जाऊँगा।''

दोनों बातें करते-करते गाँव के चौक के पास पहुँच गये। शंकर ने देखा कि गाँव में तो काफी बदलाव आ गया है।

किशन ने बताया ये जो लाइन में दुकानें देख रहे हो, ये सब इनके अपनी हैं।

''इनकी अपनी हैं?'' - शंकर ने आश्चर्य से पूछा। ''हाँ, इनकी अपनी

हैं। इनको बैंक की ओर से कर्जा दिया गया है और ये धीरे-धीरे किस्तों में कर्जा वापिस कर रहे हैं और कुछ वर्षों के बाद सब दुकानों के मालिक बन जायेंगे यह सब देश के प्रधानमंत्री के ग्रामीण योजना के अंतर्गत हुआ है। तुमने शायद स्टेशन से आते हुए रास्ते बैंक की बिल्डिंग देखी होगी।

"हाँ हाँ मैंने बोर्ड भी पढ़ा था।"

कुछ दुकानदारों ने किशन और शंकर को नमस्ते किया। किशन ने हाथ जोड़कर बड़े प्यार से उनकी नमस्ते का जवाब दिया, मगर शंकर सिर्फ एक हाथ उठा रहा था। किशन, शंकर को गाँव की दूसरी ओर ले गया, जहाँ एक तालाब बना हुआ था। शंकर जब पिछली बार आया था तो वहाँ कोई तालाब नहीं था। "इस तालाब को देखकर तुम सोच रहे होगे पहले तो यहाँ कोई तालाब नहीं था" - किशन ने पूछा।

"हाँ, मैं यही सोच रहा हूँ।"

"ये सब गाँव वालों की मेहनत का फल है; सबने मिलकर इसे बनाया है। इस पर सभी का हक है। समय पर वर्षा न होने पर भी इस तालाब से सबको लाभ होगा। यहाँ से ब्राह्मण, हरिजन, अमीर-गरीब सभी इससे पानी भर सकते हैं... अब तो सरकार की ओर से जात-पात का अंतर मिटाने की कोशिश की जा रही है; यह धर्म, जात-पात का झगड़ा समाज के लिए घातक है। अब अगर कोई इस तरह का अंतर रखेगा तो उसे सजा मिलेगी। तुम शायद नहीं जानते, अब सरकार की ओर से बेगारी भी समाप्त की जा रही है; अब गरीब किसान, सेठ साहूकार जमीदार के कर्जे से दबे हुए नहीं हैं, उनको सरकार की ओर से हर प्रकार की मदद मिल रही है और वे सब खुश हैं... हमारा गाँव देश का आदर्श गाँव होगा।"

"हाँ हाँ ये तो तुम्हारे साथ घूमने से मालूम हो गया है कि लोग कितने खुश हैं। मैं तो शहर में रहकर समझ रहा था कि सरकार के कार्यक्रम सिर्फ समाचार-पत्रों व शहरों तक ही सीमित हं,। मगर देख रहा हूँ कि गाँव में भी कुछ हो रहा हैं।"

"बिल्कुल हो रहा है। यह लोगों की भूल है जो गाँवो के होते हुए भी शहर की ओर भागते हैं और अपने गाँव को भूल जाते हैं। शहरों में भागमभाग लगी रहती है हर ओर शोर रहता है, ज्यादातर लोग स्वार्थी होते हैं, उनमें

प्यार-मोहब्बत सिर्फ दिखावा होता है। गाँव की अपेक्षा शहरों में शुद्ध हवा मिलना मुश्किल हो गया है।''

''वाह-वाह! तुम भाषण भी बहुत अच्छा दे लेते हो; अगर तुम्हारे जैसे और दो-चार हर गाँव में पैदा हो जायँ तो समझ लो देश का कल्याण हो जायेगा; अगले चुनाव में तुम जरूर खड़े होना, मुझे उम्मीद है तुम्हारे सामने किसी भी पार्टी का उम्मीदवार टिक नहीं सकेगा।''

''इसमें भी कोई शक है। तुम देखोगे कुछ दिनों के बाद लोग शहर छोड़कर गाँव के शुद्ध वातावरण में बसना चाहेंगे। यहाँ क्या नहीं है। हमारी धरती माँ सबकी जरूरतों को पूरा करती है और अब तो सरकार की ओर से पिछड़े वर्ग के लोगों को कई तरह की मदद की जा रही हैं; वह दिन दूर नहीं जब हमारा गाँव सबके लिए एक मिसाल बन जायेगा।''

''बातें करते-करते जब वे एक सड़क से गुजर रहे थे तो शंकर ने देखा कॉलेज के लिए भवन बन रहा है। उसने महसूस किया कि सचमुच इस गाँव की हालत बहुत बदल गई है। कुछ खामोश रहने के बाद शंकर ने कहा - ''देख रहा हूँ तुमने गाँव को किस तरह बदल दिया है, तुम्हें तो ईनाम मिलना चाहिए।''

''इनाम तो जरूर मिलना चाहिए, मगर मुझे नहीं सब गाँव वालों को। ये जो गाँव की बदले हुए हालात देख रहे हो, वे सब इनके सहयोग का नतीजा है। मैं, जब शहर से अपनी पढ़ाई पूरी कर यहाँ आया तो सब गाँववालें को एक जगह एकत्रित किया और प्रधानमंत्री के ग्राम-विकास योजना के बारे में बताया, सबको गाँव की तरक्की के लिए सहयोग के लिए कहा। मेरी बात उनकी समझ में धीरे-धीरे आने लगी और साथ देने के लिए तैयार हो गए... आज तुम उनके सहयोग और मेहनत का फल देख रहे हो।''

इस तरह घूमते घूमते दोपहर के दो बजे घर पहुँचे।

किशन ने कहा - ''भोजन का समय हो गया है, भोजन कर फिर चले जाना।''

''नहीं नहीं कमला नाराज हो जायेगी; फिर कभी मिलकर खायेंगे।''

''क्यों नहीं, कमला बहन ने तो आज तुम्हारे लिए विशेष तरह का भोजन बनाया होगा।''

दोनों हँस दिये और शंकर चला गया।

शंकर के जाने के बाद किशन ने अपनी पत्नी को आवाज दी।

"बहुत देर कर दी आपने, मैं कबसे खाने के लिए इंतजार कर रही हूँ।"

"शंकर को गाँव की सैर कराते कराते देर हो गयी।"

"अच्छा अब जल्दी से भोजन परोसो, बहुत भूख लगी है।"

"अभी लाई; मगर शंकर दिखाई नहीं दे रहा है, बाहर खड़ा है क्या?"

"नहीं, वह चला गया।"

"चला गया? आपने कैसे जाने दिया, रोका क्यों नहीं?"

"भोजन करने का समय था, खाना खिलाकर भेज देते।"

"मैंने तो कहा था भाई यहीं खाकर जाओ; मगर उसको आज हमारा भोजन स्वादिष्ट थोड़े ही लगेगा।"

"उसके लिए कमला ने विशेष पकवान बनाये होंगे।"

लता ने जल्दी से भोजन की दो थालियाँ तैयार की ओर दोनों ने शांति से भोजन किया।

* * *

दोपहर का समय होने के कारण हरिप्रसाद लेटे हुए थे। कमला अकेली बैठी शंकर का इंतजार कर रही थी।

शंकर को घर में आते देखकर वह उठ गई।

"बड़ी देर कर दी" – कमला ने पूछा।

किशन के साथ गाँव की सैर करने गया था, जिसके कारण देर हो गई।"

"सैर कर आये?"

"जी हाँ"

"कैसा दिखाई दिया गाँव?"

"सिर्फ सवाल ही पूछती रहोगी या भोजन भी खिलाओगी, बहुत भूख

लगी है।''

''क्यों, किशन भैया ने भोजन नहीं कराया क्या?''

''उसने तो कहा था, मगर मैं किस तरह खाता?''

'क्यों?' कमला ने आश्चर्य से पूछा।

''क्यों पूछ रही हो; भला मैं अपनी रानी के हाथ का बनाया हुआ भोजन छोड़कर दूसरे के घर में भोजन करता।''

''अच्छा अच्छा जल्दी से हाथ धो लो, तब तक भोजन परोसती हूँ।''

भोजन करते-करते शंकर ने गाँव के बदले हुए रूप व उसकी उन्नति के बारे में विस्तार से कमला को बताया।

''यह सब किशन भैया की मेहनत का फल है, जो आज यहाँ अस्पताल है और कॉलेज भी बन रहा है; अब ऊँची पढ़ाई के लिए शहर नहीं जाना पड़ेगा। गाँव के सब लोग खुश हैं।''

''यही तो देखकर आया हूँ।''

भोजन समाप्त होने के बाद कमला ने शंकर के हाथ धुलाये। उसके बाद इसी तरह की अन्य बातें कर थोड़ी देर में अपने-अपने कमरे में आराम करने चले गये।

* * *

गाँव में शाम का समय बहुत ही लुभावना होता है। दूर पहाड़ों में सूर्य का अस्त होना एक आकर्षक दृश्य होता है। किसानों का, हल और बैलों के साथ खेतों से घर की ओर प्रस्थान होता है। बैलों के गले में लगे हुए घंटियों की मधुर आवाज कर्णप्रिय होती है। गाँव वाले ऐसे दृश्यों को आनंद रोज ही लेते हैं।

हरिप्रसाद और शंकर घर के आँगन में बैठे अपनी बातों में मग्न थे और कुछ दूरी पर कमला भी बैठकर इनकी बातें सुन रही थी। इतने में किशन अपनी पत्नी लता के साथ आ गया।

किशन ने हरिप्रसाद के चरणस्पर्श किये और लता ने भी उसका अनुसरण किया।

''खुश रहो, फूलो फलो, भगवान दोनों की जोड़ी बनाये रखे; कम से कम दस बच्चों के पिता बनो।''

''चाचाजी ऐसा आशीर्वाद न दीजिये, गजब हो जायेगा। देश की जनसंख्या बढ़ रही है, इसलिए हमको छोटा परिवार सुखी परिवार के अनुसार चलना चाहिए... आज के समय में एक या दो, बस।''

सब हँसने लगे।

कमला, जो कुछ दूरी पर बैठी थी, उठकर नजदीक आ गयी और बड़े प्यार से लता को अपने कमरे में बातचीत के लिए ले गई।

''बहुत दिनों के बाद आये हो बेटा, कहीं बाहर गये थे क्या?'' हरिप्रसाद ने पूछा।

''यहीं था चाचाजी, काम के वजह से फुरसत ही नहीं मिलती।''

''आज कैसे फुर्सत मिल गयी?'' - बीच में ही शंकर ने कहा।

''तुम्हारी वजह से; सोचा चलो आज समय निकाल ही लो और लता भी कई दिनों से कमला बहन से मिलने के लिए बेकरार थी।''

''इसका मतलब है हमसे मिलने नहीं आये हो।'' हरिप्रसाद ने हँसते हुए कहा।

''ऐसी कोई बात नहीं है, आप सबसे मिलने आया हूँ।

इस बात पर तीनों हँसने लगे।

''शंकर, तुमने कहा था कि पढ़ाई पूरी होने के बाद शादी करूँगा... अब तो पढ़ाई हो गई है, अब शादी के बारे में क्या विचार है?''- हरिप्रसाद ने पूछा।

''आपने तो मेरे मन की बात पूछ ली।'' - किशन ने कहा।

''ऐसी भी क्या जल्दी है।'' शादी की बात सुनकर तो उसके दिल में फुलझड़ियाँ छूटने लगीं। सोचने लगा, अभी करा दो मैं तैयार हूँ मगर दिखावे के लिए कह दिया - ''जैसी आप सबकी मर्जी।''

''तुम नहीं जानते हो बेटा; बेटी को इतने दिनों तक घर में रखना मुश्किल है, तुम आजकल के लड़के इस बात को नहीं समझ सकते। जैसे-जैसे

लड़की बड़ी होती है, तो माँ-बाप की चिन्ता भी उतनी बढ़ती जाती है।''

''आप ठीक कहते हैं... मगर शायद आपको नहीं मालूम कि आजकल लड़कियाँ पिता के लिए बोझ नहीं होती हैं; वे भी लड़कों की तरह हर कार्यक्षेत्र में आगे हो रही हैं। स्त्रियाँ वे सभी कार्य करने लगी हैं, जो सिर्फ पुरुष करते थे।'' - किशन ने कहा।

''देखो बेटा, ये सब बातें शहरों में होती होंगी, मगर गाँव में नहीं है; मैं चाहता हूँ जल्दी से शादी हो जाय।''

''वो तो ठीक है। अच्छा शंकर, बोलो क्या विचार है?''

''मैं क्या बताऊँ, जैसी आप लोगों की मर्जी।''

''ठीक है बेटा, मैं कल ही पंडित को बुलाकर मुहूर्त निकलवाता हूँ; वैसे भी तैयारी के लिए पन्द्रह-बीस दिन लग ही जायेंगे।

''अच्छा चाचाजी, अब मैं चलता हूँ; बहुत समय हो गया है और पिताजी भी इंतजार कर रहे होंगे।''

''नहीं बेटा, आज तुम्हें ऐसे नहीं जाने दूँगा और लता भी कई दिनों के बाद हमारे घर आई है, खाना खाकर जाना।'' और उसने कमला को आवाज दी।

कमला और लता दोनों एक साथ कमरे से बाहर आयीं।

''देखो बेटी, आज दोनों यहीं खाना खाकर जायेंगे, जल्दी से बना दो।''

''अभी तैयार करती हूँ पिताजी।'' दोनों रसोई-घर की तरफ चली गयी। लता भी उसका हाथ बँटाने लगी।

आठ

शहर में आशा हमेशा उदास रहने लगी। उसका मुस्कराता चेहरा मुरझाये हुए फूल की तरह लगने लगा। हमेशा शंकर के बारे में सोचती रहती। माँ की समझ में नहीं आ रहा था कि क्या कारण कि बेटी इतनी गुमसुम रहने लगी है। उसने कई बार कोशिश की, मगर असफल रही। बेटी की ये हालत देखकर उसे बहुत दुःख होने लगा। एक दिन कपड़े धोते-धोते आशा को चक्कर आ गया और वह वहीं पर बेहोश होकर गिर पड़ी। छोटा भाई, जो कुछ दूरी पर खड़ा था, जब बहन को गिरते देखा तो भागते हुए माँ के पास आया।

''क्या बात है, क्यों इस तरह भागकर आया है?''

''माँ, दीदी नल के पास बेहोश होकर गिर गयी हैं।''

जैसे ही सुना कि बेटी नल के पास बेहोश हो गयी है, वह जल्दी से उठी और नल के पास पहुँच गयी और देखा कि बेटी गिरी हुई है। उसने वहीं से पति को आवाज दी – ''अजी सुनते हो!''

''क्या हुआ?'' – दूसरे कमरे से आवाज आई।

''आशा बेहोश हो गयी है।''

यह सुनते ही वह भी जल्दी से बाहर आये। दोनों ने मिलकर आशा को उठाया और कमरे में ले जाकर पलँग पर लिटा दिया।

"जल्दी से जाकर किसी डॉक्टर को ले आओ।"

"ठीक है।" कहकर वह जल्दी से बाहर निकला और कुछ देर के बाद अपने साथ डॉक्टर को ले आया।

डॉक्टर ने आते ही कमरे में इधर-उधर देखा और आशा की माँ से कहा - "कमरे की खिड़की खोल दीजिये।"

उसने आशा की नब्ज देखी, आला लगाकर देखा। एक इन्जेक्शन दिया और कुछ गोलियाँ लिखकर दी कि इसे बाजार से मँगवा लेना तथा हर तीन घण्टे के बाद पानी के साथ एक गोली देना, डरने की कोई बात नहीं है, इस हालत में अक्सर ऐसा होता ही है।

"क्या मतलब?" – माँ ने पूछा।

"यह तो खुशी की बात है, आपकी बेटी माँ बनने वाली है।"

"क्या!" दोनों के मुँह से एक साथ निकला।

डॉक्टर को बाहर तक छोड़कर वह गुस्से से भीतर आया।

"ये सब मैं क्या सुन रहा हूँ? सब कैसे हो गया?"

"मुझे कुछ नहीं मालूम" – आशा की माँ ने कहा।

"दिन भर घर में बैठी रहती हो और एक बेटी का खयाल भी नहीं रख सकती; हे भगवान मैं क्या करूँ! किसी को क्या सूरत दिखाऊँगा, जब समाज में पता चलेगा तो हमारी तो नाक कट जायेगी। इस बेटी ने हमें कहीं का भी नहीं रखा है।"

"जानती हो ये सब तुम्हारी वजह से हुआ है।"

"मेरी वजह से? मैंने क्या किया है?"

"अब पूछती हो क्या किया है; सामने देख ही रही हो।"

उसकी पत्नी कुछ जवाब देने वाली ही थी कि आशा को होश आने लगा। धीरे-धीरे वह आँखें खोलने लगी। देखा पिताजी उसे गुस्से से घूर रहे हैं। माँ

उसी के पास बैठी है, मगर उसकी आँखों में आँसू हैं।"

उसने धीरे से कहा – "मुझे क्या हुआ था माँ और तुम क्यों रो रही हो?"

"ये रो कहाँ रही है, ये तो खुशी के आँसू हैं- व्यंग्य भरे अन्दाज में पिता ने कहा और गुस्से में आशा की चोटी पकड़कर पलँग से नीचे उतार दिया। आशा की समझ में कुछ नहीं आ रहा था। वह कभी माँ और कभी पिता को देख रही थी।"

बता ये किसका कलंक है? तू माँ बनने वाली है, वह भी कुँवारी माँ; इसलिए तेरी माँ खुशी के आँसू बहा रही है।"

"क्या?" – आश्चर्य से आशा ने कहा।

"हाँ बेटी, अभी-अभी डॉक्टर आया था और उसने बताया कि तुम माँ बनने वाली हो। बेटी ये तूने क्या किया... हम तो तेरी शादी के सपने देख रहे थे, मगर अब हमको कहीं का नहीं रखा; जब पड़ोसियों और रिश्तेदारों को मालूम होगा तो हम किस तरह उनका सामना कर सकेंगे।"

"सबको मालूम होने से पहले ही इसकी जान ले लूँगा।" और वह गुस्से से बेटी का गला दबाने लगा।

माँ ने बड़ी मुश्किल से पति को आशा से अलग किया और बेटी से पूछ – "वह कौन है, जिसने तुम्हारे साथ ये अन्याय किया है?

"खामोश क्यों बैठी हो, बोलती क्यों नहीं? साँप सूँघ गया है क्या।" – पिता ने कहा।

"बेटी, बता कौन है वह? अगर तुझे लड़का पसंद है तो हम उसके साथ तेरी शादी कर देंगे।" आशा की माँ ने शांति से कहा।

"माँ, शंकर।" कहकर रोने लगी।

"कौन शंकर? वही जो अपने पास किरायेदार था?"

"वही लौंडा, जो किशन के गाँव का था और जो उसके जाने के बाद उसी कमरे में रहता था।" – पिता ने कहा।

"जी पिताजी।" आशा ने धीरे से कहा।

''मगर यह सब कब और कैसे हुआ?''

आशा ने संक्षेप में पूरी घटना बता दी। उसने न जाने कौन-सी चीज पिलायी कि मैं अपने होश-हवास खो बैठी।

''जरूर उसने कोई नशीली चीज पिलायी होगी।''

''फिर बीच में बोल रहे हो, पूरी बात तो सुन लीजिये।''

''अब सुनने के लिए रहा ही क्या है। जरुर इसके होश-हवास खो जाने का नाजायज फायदा उठाया होगा, जिसका नतीजा सामने है।''

''हे भगवान! अब क्या किया जाय।''

''अब भगवान को याद करने से कोई फायदा नहीं है... किसी अच्छी लेडी डॉक्टर के पास ले जाओ और अबार्शन करा दो, वरना जीना मुश्किल हो जायेगा। उसके बाद मैं उस शंकर के बच्चे को देख लूँगा।''

''ये ठीक है, मैं आज ही इसका इलाज करवाती हूँ।''।

''नहीं मॉं, मैं ऐसा नहीं होने दूँगी, मैं अबोर्शन नहीं कराउँगी, किसी को दुनिया में आने से पहले मार देना पाप है।''

''सुनती हो, बच्ची कितनी स्यानी हो गई है, हमें बता रही है ये सब पाप है और उसने जो किया है वह पुण्य है; इसके इस पुण्य से समाज में हमारा नाम रोशन होगा और भगवान की मूर्ति के सामने जाकर रोने लगा - ये तूने क्या किया भगवान... हमने तुम्हारा क्या बिगाड़ा था, कौन से जन्म का बदला ले रहे हो।''

रात के समय जब बच्चे सो गये तो आशा के माता-पिता आपस में बातें करने लगे।

''अब क्या किया जाय, मेरी तो समझ में कुछ नहीं आता।''

''मैंने कहा न किसी अच्छे डॉक्टर के पास ले जाओ।''

''वह चलने को तैयार हो तब न।''

''तो फिर क्या किया जाय?''

''क्यों नहीं शंकर के साथ शादी कर दी जाय।'' - मॉं ने कहा

''मगर क्या अब तैयार होगा शादी के लिए? तुम आजकल के लड़कों को नहीं जानती; अपना मतलब निकालने के बाद नजर भी नहीं आयेंगे।''

''फिर भी कल उससे पूछ लेना, अगर मान जाय तो ठीक है, वरना तुम जैसा कहोगे वैसा ही करेंगे... गड़बड़ करने से इज्जत चली जायेगी।''

''ठीक है मैं कल उससे मिलता हूँ।''

''खयाल रखना उससे बड़े प्यार से बातचीत करना। दोपहर को उसे यहाँ बुला लेना, जब कोई भी घर पर न हो तथा उसे इस बात का शक भी नहीं होना चाहिए कि क्यों बुलाया है।''

* * *

''दो दिन से देख रहा हूँ, वह दिखाई नहीं दे रहा है; सुबह, दोपहर और रात के समय भी देखा, हमेशा कमरे पर ताला लगा रहता है।''

''कहीं ऐसा तो नहीं वह गाँव चला गया हो।''

''मेरी बेटी को इस हालत में छोड़कर वह भाग गया है। मैंने कहा था न कि आजकल के लड़के मतलब निकलने के बाद नजर नहीं आते; मगर मैं भी उसे नहीं छोड़ूँगा, गाँव तक उसके पीछे जाऊँगा।''

''दो-चार दिनों तक और देख लेते हैं।''

''ठीक है; अगर नहीं मिला तो गाँव चलने की तैयारी कर लेना, मेरे पास गाँव का एड्रेस है। एक बार किशन ने दिया था और कहा था कि जब भी समय मिले तो गाँव घूमने जरूर आइये। वह कितना शरीफ लड़का है और ये शंकर महाबदमाश।''

जब दो चार दिनों तक भी शंकर नहीं दिखाई दिया, तो गाँव जाने के लिए तैयारी कर ली।

* * *

ट्रेन अपनी रफ्तार से चली जा रही थी। बच्चे खिड़कियों से बाहर के नजारे देखकर खुश हो रहे थे। वे इस बात से अनभिज्ञ थे कि किस कारण से गाँव जा रहे हैं। आशा एक कोने में खामोश बैठी थी तथा उसके माँ-बाप भी अपने विचारों में खोये हुए बैठे थे। दूसरे मुसाफिर कुछ आपस में बातें कर रहे

थे और कुछ इधर-उधर देख रहे थे। इतने में एक भिखारी इस डब्बे में गाते हुए आया -

''भगवान पर कर भरोसा, वही सबका रखवाला है

उसके घर देर है अन्धेर नही है।''

कुछ देर के लिए सबने उसकी ओर देखा, फिर अपने खयालों में खो गये। दूसरे यात्री, भिखारी के भजन को ध्यान से सुनते रहे। कुछ ने उसे पैसे भी दिये। कुछ देर के बाद गाँव का स्टेशन आ गया। आशा, उसके माता-पिता तथा कुछ अन्य यात्री भी उतरे। अभी वे प्लेटफार्म पर खड़े ही थे कि गाड़ी चल पड़ी। वे स्टेशन से बाहर आकर किशन के घर पर जाने के लिए ताँगे पर बैठ गये।

* * *

वे जब एड्रेस के अनुसार वहाँ पहुँचे तो देखा, उस घर में शादी का मंडप लगा हुआ है। घर सजा हुआ था। लोग इधर-उधर काम में व्यस्त थे। काफी चहल-पहल थी। सजे हुए द्वार पर शहनाई की मधुर धुन बज रही थी। अन्दाजा लगा लिया कि किसी की शादी हो रही है। जैसे ही स्वागत द्वार पर ये सब पहुँचे तो देखा, किशन आने वाले सभी मेहमानों का मुस्कराता हुआ स्वागत कर रहा है। जब आशा व माता-पिता किशन के सम्मुख पहुँचे तो किशन को बड़ा आश्चर्य हुआ। वह सोचने लगा कि उनसे मिलते-जुलते चेहरे होंगे या उसका वहम है।

नजदीक आकर पिता ने कहा - ''नमस्ते किशन बेटा।''

किशन ने भी बड़े आदरभाव से नमस्ते किया और पूछा ''आप और यहाँ?''

''एक जरूरी काम से आया हूँ।''

''बहुत अच्छे समय पर आये है; आज शंकर की शादी है, आपका आशीर्वाद भी उसे मिल जायेगा।

''क्या कहा, - शंकर की शादी!'' - उनको चक्कर-सा आने लगा।

110

''क्या हुआ अंकल, आपकी तबियत तो ठीक है?''

''हाँ हाँ तबियत तो ठीक है, मगर तुमने क्या कहा शंकर की शादी है।''

''जी हाँ, ये सारी धूमधाम उसी उपलक्ष्य में है।''

''किशन बेटा, मुझे तुमसे कुछ जरूरी बात करनी है; थोड़ी देर के लिए बाहर आ सकते हो?''

''अभी तो आना मुश्किल है, थोड़ी देर में शादी के मंत्रोच्चारण शुरू हो जायेंगे, उसके बाद जरूर आपके साथ चलूँगा, तब तक आप भीतर बैठिये।''

''नहीं बेटा, तब तक मेरा यहाँ आना बेकार हो जायेगा, इसलिए मेहरबानी कर अभी मेरी बात सुन लो, मैं तुम्हारे हाथ जोड़ता हूँ।''

किशन को आश्चर्य हुआ। वह सोचने लगा ऐसी क्या बात है। वह उसके साथ बाहर आया। बाहर आकर उसने देखा गली के मोड़ पर आशा, उसकी माँ तथा बच्चे खड़े हैं। उन सबको देखकर उसको बहुत ताज्जुब हुआ और कुछ शक भी। पास पहुँचकर सबको नमस्ते किया, मगर आशा अपने खयालों में बेखबर थी, उसको पता भी नहीं चला कि कोई आया है।

''आशा, कैसी हो?''

अपना नाम सुनते ही उसे होश आया। सामने किशन को देखकर अपने को सँभाला और चेहरे पर बनावटी मुस्कराहट लाते हुए नमस्ते की।

''अच्छा चाचाजी, जल्दी से बताइए क्या बात है।''

आशा के पिता ने शुरू से अंत तक पूरी कहानी बता दी।

''तो ये मामला है, जिसके लिए आपको अचानक यहाँ आना पड़ा।''

''अब तुम ही हमारी मदद कर सकते हो, मेरी बेटी की जिन्दगी बर्बाद होने से बचा सकते हो।'' - माँ ने कहा।

''भगवान पर भरोसा रखिये, सब ठीक हो जायेगा; अच्छा हुआ आप ठीक समय पर आ गये... अगर देर हो जाती तो...। अभी आप सब भीतर चलकर बैठिये और मैं जैसा कहूँ वैसा ही कीजिये।''

''ठीक है, अब तुम्हारा ही सहारा है बेटे।''

किशन सबको भीतर ले गया और एक कोने में बिठाकर जैसे ही मुड़ा, हरिप्रसाद ने आवाज दी।

"कहिए क्या बात है चाचाजी?"

"मैं कबसे तुम्हे ढूँढ़ रहा हूँ।" उनकी नजर आशा और उसके परिवार पर पड़ी। पूछा – "ये कौन हैं? लगता है शायद मुसाफिर है।"

"ये मुसाफिर तो हैं मगर अन्जान नहीं हैं, मैं इनको जानता हूँ; बहुत अच्छे लोग हैं।" यह कहकर वह सीधे कमला के कमरे में गया। कमरे में लता और कुछ सहेलियाँ कमला को घेरकर बैठी मस्ती कर रही थीं।"

किशन ने लता को एक ओर बुलाया और कहा – "कुछ देर के लिए अपने सहेलियों को बाहर भेजो, मुझे कमला बहन से कुछ जरूरी काम है।"

"क्या तुम कमला को सजाओगे, सब के जाने के बाद?" लता ने हँसते हुए कहा।

"जैसा कहता हूँ वैसा ही करो, वरना कुछ देर हो गयी तो सब काम बिगड़ जायेगा।" – किशन ने गंभीरता से कहा।

लता ने देखा कि उसका पति गम्भीर है तो उसने बात आगे नहीं बढ़ाई और बहाना बनाकर सब सहेलियों को बाहर भेज दिया।

किशन ने जल्दी से दरवाजा बंद कर दिया। उसको दरवाजा बंद करते देख कमला भी घबरा गई।

"क्या बात है, तुम कुछ परेशान दिखाई दे रहे हो।"

"बात ही कुछ ऐसी है।"

"ऐसी क्या बात है? कमला ने भी पूछ लिया।

"वैसे घबराने की कोई बात नहीं है, सब ठीक हो जायेगा।"

"पहेलियाँ क्यों बुझा रहे हो, साफ-साफ क्यों नहीं कहते; क्या बात है?"

"तो सुनो... किशन ने कहना शुरू किया – "अभी-अभी हैदराबाद शहर से कुछ लोग आये हैं, जानती हो कौन हैं वे?"

"हमें क्या पता; बात तो पूरी करो।"

"ये लोग शहर में मेरे मकान मालिक थे। जिस कमरे में मैं रहता था, बाद में शंकर भी उसमें रहने लगा। मैं तो पढ़ाई पूरी कर आ गया, लेकिन शंकर अपनी पढ़ाई पूरी करने के लिए वहीं रह गया। वह वहाँ पर पढ़ाई में कम और घूमने-फिरने में अधिक समय गुजारने लगा; उसने सिगरेट, शराब भी पीनी शुरु कर दी और आवारागर्दी भी करने लगा था।"

"ये क्या कह रहे हो, अभी तक तुमने क्यों नहीं बताया था?" - कमला ने पूछा।

"अभी तक तुमको इसलिए कुछ नहीं बताया, क्योंकि उसके साथ तुम्हारी मँगनी हो चुकी थी, कहीं तुम्हारा दिल न टूट जाये। सोचा था कि यहाँ आकर ठीक हो जायेगा, मगर मुझे क्या मालूम कि वह इतना गिर जायेगा और किसी की इज्जत के साथ खेलेगा।"

"बात क्या हुई है साफ-साफ बताइये।" - लता ने बेसब्री से कहा।

"वही तो कह रहा हूँ। उसने मकान-मालिक की बेटी आशा को प्यार मोहब्बत से धीरे-धीरे अपने जाल में फँसाया और एक दिन जब आशा के माँ-बाप किसी रिश्तेदार की शादी में बाहर गये हुए थे, उसने आशा को अपने कमरे में बुलाया; कोई नशे की चीज पिलाकर उसका सतीत्व लूट लिया, अब वह शंकर के बच्चे की माँ बनने वाली है।"

"नहींSSS यह कभी नहीं हो सकता, किशन भैया कह दो यह सब झूठ हैं।"

"यह सब सच है; ये लोग इसलिए आये हैं कि मैं उनकी मदद करूँ। उनके साथ आशा भी आयी है। समझ में नहीं आ रहा है अब मैं क्या करूँ... एक ओर तो तुम्हारा अधूरा सुहाग है जो पूरा होने वाला है और दूसरी ओर एक दुखी अबला है, जो खिलने से पहले ही मुरझा गयी है।"

कमला को चक्कर आने लगे, मगर उसने अपने को सँभाला और कहने लगी - "अब तुम्हीं बताओ किशन भैया, मैं क्या करूँ?"

"तुम्हारा दिल तो टूट जायेगा, मगर सिवाय इसके दूसरा रास्ता नहीं है।"

"कौन सा रास्ता?" - कमला ने पूछा।

''आशा की शादी शंकर के साथ कर दी जाय।''

''ये कैसे हो सकता है?'' - बीच में लता ने कहा।

''ये हो सकता है, अगर कमला बहन को मंजूर हो तो।''

''मुझे मंजूर है... मैं नहीं चाहती कि किसी अबला के घर को उजाड़कर अपना अधूरा सुहाग पूरा करूँ।''

''मुझे तुमसे यही उम्मीद थी कमला बहन; प्यार को पा लेना कोई बड़ी बात नहीं है, प्यार में कुर्बानी देना महानता है... तुम महान हो, जो इस उलझन को बलिदान देकर सुलझा दिया।''

''मैं तो एक साधारण नारी हूँ, मुझे महान मत बनाओ।''

''तुम अपने को साधारण कह सकती हो, मगर आज जो कार्य एक नारी होते हुए दूसरी नारी के लिए किया है, उसे मैं हमेशा श्रद्धा की भावना से याद रखूँगा।''

''ठीक है, अब बताइये क्या किया जाय?''

''मैं जैसा कहता हूँ वैसा करने से आशा की जिन्दगी बरबाद होने से बच जायेगी।''

''तुम जैसा कहोगे वैसा ही करेंगे।''

''मैं चाहता तो नहीं हूँ मगर मजबूरी है।''

* * *

मण्डप में शंकर सेहरा बाँधे बैठा है और ब्राह्मण मंत्रोचारण कर रहा है। थोड़ी देर के बाद ब्राह्मण के कहने पर दुल्हन को लाया गया। फिर शादी की रस्में शुरू हुईं। मेहमान खुश थे क्योंकि उनकी आवभगत में किसी प्रकार की कमी नहीं थी। कुछ मिठाई वगैरह खाने में मस्त थे, तो कुछ आपस में बातचीत में; तो कुछ शादी के वातावरण का लुत्फ उठा रहे थे। किशन इधर-उधर घूमकर काम में मदद कर रहा था। वह सबसे हँसते हुए आवभगत में लगा हुआ था।

मण्डप में मंत्रोचारण पूरे हो गये और फेरे शुरू हो रहे थे। जब सातवाँ फेरा समाप्त हुआ तो शंकर ने देखा, सामने कमला, लता के साथ एक कोने में

खड़ी है। उनको देखकर शंकर को आश्चर्य हुआ और उसने जल्दी से दुल्हन का घूँघट उठा दिया। आशा को देखकर वह गुस्से से पागल हो गया। उसने गुस्से से जोर से पुकारा – ‘‘ठहरो पंडित जी!’’ उसकी इतनी जोर से आवाज सुनकर किशन, हरिप्रसाद और आस-पास के सभी लोग मण्डप के नजदीक आ गये।

‘‘क्या बात है शंकर, तुमने पंडित जी को क्यों रोक दिया? हरिप्रसाद ने कुछ घबराहट में कहा। उनकी समझ में कुछ भी नहीं आ रहा था।

‘‘ये सब क्या नाटक है।’’ शंकर ने गुस्से में कहा – ‘‘कमला कहाँ है?’’

‘‘कमला तो तुम्हारे पास ही दुल्हन बनी खड़ी है।’’

शंकर का गुस्सा और भी बढ़ गया। उसने दुल्हन का घूँघट उठाया और कहा – ‘‘क्या यही कमला है?’’

हरिप्रसाद ने जब मण्डप में कमला के स्थान पर दूसरी लड़की को देखा तो बहुत परेशान हो गये। उनकी समझ में नहीं आ रहा था कि ये सब कैसे हो गया। अपनी इज्जत का सवाल नजर आ रहा था। गुस्से में वे भी चीख उठे – ‘‘ये क्या हो रहा है! कमला कहाँ है?’’

किशन, जो पास में ही खड़ा था बोला – ‘‘चाचाजी, घबराने की कोई बात नहीं है।’’ इशारे से कमला को नजदीक बुला लिया, जो कुछ दूरी पर खड़ी थी। कमला जैसे ही नजदीक आयी तो हरिप्रसाद कह उठे, ये सब क्या हो रहा है बेटी... तुम्हारे स्थान पर कोई दूसरी लड़की; अगर तुम्हे रिश्ता मंजूर नहीं था तो पहले ही बता दिया होता, इस तरह सबके सामने मुझे शर्मिंदा तो नहीं होना पड़ता।’’

‘‘पिताजी...।’’

मगर हरिप्रसाद कहाँ सुनने वाला था। उसने कहना शुरू कर दिया – ‘‘तू पैदा होते ही मर क्यों नहीं गयी; न तू होती, न आज यह यह दिन देखना पड़ता।’’

‘हे भगवान अब मैं क्या करूँ, लोग न जाने क्या-क्या सोचते होंगे मेरे बारे में।’’

आशा सर झुकाये दुल्हन के कपड़ों में खामोश खड़ी आँसू बहा रही थी।

कुछ दूरी पर उसके माँ-बाप सबकी बातें खामोशी से सुन रहे थे। वे परेशान थे कि अब न जाने क्या होगा।

शंकर तो गुस्से से लाल हो गया और कुछ कहने ही वाला था कि किशन ने कहा - "कुछ नहीं सोचेंगे चाचाजी, इसमें कमला बहन का कोई कसूर नहीं है।"

"हाँ हाँ इसमें कमला का कसूर नहीं है, कसूर तो मेरा है जो इसे पाल-पोसकर बड़ा किया और इस लायक बनाया।" - हरिप्रसाद ने कहा।

"आप मेरी पूरी बात तो सुनिये, इसमें न आपका कसूर है और न ही कमला का; अगर कसूर है तो सिर्फ शंकर का है, जो इन सब हालात का जिम्मेदार है।"

"क्या कहा?" - आश्चर्य से हरिप्रसाद ने पूछा।

शंकर ने भी गुस्से से कहा - "उल्टा चोर कोतवाल को डाँटे; एक तो मेरे साथ अन्याय हो गया और न जाने किस लड़की को मेरे पल्ले बाँधने की कोशिश की जा रही है।" उसने आशा को पहचानते हुए भी अन्जान मुद्रा में कहा।

"क्या तुम नहीं जानते ये कौन है?"- किशन ने पूछा।

"बिल्कुल नहीं।" - शंकर ने उतर दिया।

"अगर नहीं जानते तो मैं बताता हूँ।" किशन के कुछ कहने के पहले, आशा के माता-पिता नजदीक आ गये, जो कुछ दूरी पर कुर्सी पर बैठकर यह सब वार्तालाप सुन रहे थे और बेटी के भविष्य के बारे में सोच रहे थे कि अब क्या होगा।

"इन्हें जानते हो?"

"हाँ इनको जानता हूँ।"

"अगर इनको जानते हो, तो इनकी बेटी आशा को भी जानते होगे।"

"जानने का मतलब यही नहीं है कि आशा को मेरी दुल्हन बनाया जाय; मुझे धोखा दिया जा रहा है।"

"ठीक तो कह रहा है, पहचानने का मतलब यह नहीं कि मेरी बेटी का

सुहाग उजाड़कर दूसरी लड़की को उसकी जगह दी जाय।'' - हरिप्रसाद ने कहा।

''आप नहीं जानते पिताजी, जो कुछ हो रहा है उसी में हम सबका भला है।'' - कमला ने बीच में कहा।

''क्या खाक भला; बिरादरी में नाक कट गयी और तुम कहती हो सबका भला है।''

''ये ठीक कह रही है चाचाजी... कमला बहन जो थोड़ी देर में सुहागिन बनने वाली थी और उसका सुहाग अधूरा रह गया है, इसका मुझे दुःख है; लेकिन खुशी इसी बात की है कि किसी की भलाई के लिए अपना प्यार बलिदान कर दिया।''

''मेरी तो समझ में कुछ नहीं आ रहा है तुम क्या कह रहे हो।'' किशन ये सब माजरा क्या है?''

''सुनिये तो चाचाजी; जब कुछ देर पहले मैं स्वागत-द्वार पर आने वाले मेहमानों का स्वागत कर रहा था तो अचानक आशा के पिता को देखकर मुझे आश्चर्य हुआ। अंकल मुझे एक ओर ले गये और बताया कि शहर में मेरे आने के बाद शंकर ने उनकी भोली-भाली आशा बेटी को अपने शिकंजे में फँसाया। एक दिन उनकी अनुपस्थिति का फायदा उठाकर शंकर ने आशा को अपने कमरे में बुलाकर नशे की चीज पिला दी। बेहोशी के बाद उसका शील भंग कर दिया और अब वह शंकर के बच्चे की माँ बनने वाली है।''

''ये सब बकवास है, मेरे ऊपर झूठा इलजाम लगाया जा रहा है; न जाने किसका पाप मेरे माथे थोपा जा रहा है।''

''शंकर ये तुमने क्या कर दिया, मेरी तो समझ में अभी भी कुछ नहीं आ रहा है।'' - हरिप्रसाद बोले।

''नहीं चाचाजी, ये सब झूठ है; किशन की जरूर इसमें कोई चाल है।'' शंकर ने गुस्से में कहा।

''इसमें मेरी क्या चाल हो सकती है; सभी जानते हैं मैं किसी का भी बुरा नहीं चाहता, हमेशा कोशिश करता हूँ कि सबका भला करूँ।''

इतने में आशा के पिता ने कहा कि हरिप्रसाद जी, किशन जो कुछ कह

रहा है, बिल्कुल सच है; इसके चाल-चलन पर शक करना भगवान पर शक करने के बराबर है... इसके जैसा सुशील, नेक व ईमानदार लड़का मुश्किल से मिलता है। आप ही सोचिये, मुझे शहर से परिवार के साथ यहाँ आने की क्या आवश्यकता थी। आप भी लड़की के पिता हैं, मेरी समस्या को समझ सकते हैं।''

इस बीच कमला जल्दी से कमरे में गयी और शंकर के पिता की तस्वीर ले आयी और उसको शंकर के सामने पकड़कर कहा - ''शंकर, अपने स्वर्गवासी पिता की कसम खाकर कहो कि ये सब झूठ है; तुम जो कह रहो हो वही सच है।''

शंकर ने जैसे ही अपने पिता की तस्वीर देखी तो उसे चक्कर सा आने लगा। उसकी आँखों के सामने पुराना दृश्य, पिता के मरने का समय, हरिप्रसाद द्वारा उसका पालन-पोषण व अच्छा व्यवहार वगैरह आने लगा। उसे ऐसा महसूस होने लगा कि उसके पिता की आत्मा उसे धिक्कार रही है और उससे कह रही है - तू धोखेबाज है, जिस थाली में खाता है उसी में छेद करता है; एक ओर किसी को बर्बाद कर दूसरी ओर अपने ही लोगों को छलने की कोशिश कर रहा है... तू आवारा है, बदचलन है, धोखेबाज है।

''नहीं नहींऽऽ'' वह इतने जोर से बोला कि सब घबरा गये और वह बेहोश हो गया।

सब घबरा गये। किशन ने जल्दी से पानी मँगवाया और शंकर के चेहरे पर कुछ बूँदें छिड़कने लगा। थोड़ी देर में शंकर को होश आया। उसके सामने कमला, लता, हरिप्रसाद और अन्य लोग खड़े हैं। उसके पास किशन बैठा था। एक ओर आशा अपने पिता के साथ सिमटी खड़ी थी।

शंकर ने आशा को पास बुलाया और कहा- ''मुझे माफ कर दो, मुझसे गलती हो गई जो पहचानने से इन्कार कर दिया; तुम्हें अपनाने के लिए तैयार हूँ।'' कमला से भी कहा - ''कमला, हो सके तो मुझे माफ कर देना, मैं कुछ समय के लिए भटक गया था।''

''इसमें माफी माँगने की कोई बात नहीं है; मैं तो बहुत खुश हूँ कि समय पर किसी को बर्बाद होने से बचा सकी। भगवान का शुक्र हूँ वरना न जाने क्या होता।''

"कमला तुम महान हो, तुम्हारी इस कुर्बानी को मैं जिंदगी भर नहीं भूल सकता।" इतना कहने के बाद वह उठा और हरिप्रसाद के पैरों पर गिरकर माफी माँगने लगा। उसके बाद किशन के पाँव पर गिरकर माफी माँगने लगा।

"अरे अरे! ये क्या करते हो। मुझे आज दुःख भी है और खुशी भी। दुःख इस बात का कि कमला बहन का सुहाग अधूरा रह गया... भगवान ने चाहा तो जल्दी ही वह शुभ समय भी आ जायेगा, जब उसका अधूरा सुहाग पूर्ण होगा। खुशी इस बात की है कि एक दुःखी अबला को अपनी मंजिल मिल गयी। चलो अब जल्दी से आशा को साथ लेकर शादी की बकाया रस्म पूरी करो और सभी से आशीर्वाद लो।"

शंकर ने आशा को साथ लेकर शादी की रस्म पूरी की और सभी से आशीर्वाद लिया। उसका मैला मन अब साफ हो गया था।

माँ ने आशा को गले लगाया और पिता ने शंकर को। दोनों की आँखों में आँसू थे, मगर ये आँसू पहले की अपेक्षा खुशी के थे। एक तरफ उनकी प्यारी बेटी की जुदाई थी, तो दूसरी ओर उसकी शादी की खुशी।"

आशा ने कमला के गले लगकर कहा–

"बहन, आपके सहयोग और कुर्बानी के कारण आज मैं सुहागिन बनी, वरना मैं कहीं की भी नहीं रहती।"

"बहन, भगवान की यही इच्छा थी, हम सब तो उसके हाथ की कठपुतलियाँ हैं।"

किशन और लता ने आये हुए सब मेहमानों का हाथ जोड़कर शुक्रिया अदा किया और कहा – "जाते-जाते दूल्हा-दुल्हन को आशीर्वाद देकर भोजन खाते जायँ; किसी कारणवश विलंब हुआ है, माफी चाहते हैं।"

हमारी ओर से भगवान से प्रार्थना है कि उन कुँवारों की भी शादी जल्दी हो जाय जो यहां आये हुए हैं। शादी एक पवित्र बंधन है, इसमें छल-कपट कभी न करें। और एक बात का ध्यान रखना, दहेज लेना व देना समाज और देश के लिए उचित नहीं है... खुश रहो, आबाद रहो।

9 789388 556033